उत्तररामचरित

अनुवाद

प्रो. इन्द्र

स्थापित 1912

100 वर्षों की

श्रेष्ठ प्रकाशन परम्परा

राजपाल

₹ 165

ISBN : 9788170287797

UTTARARAMCHARITA (Sanskrit Play) by Bhavbhooti

मुद्रक : जी. एस. ऑफसेट, दिल्ली

राजपाल एण्ड सन्ज़

1590, मदरसा रोड, कश्मीरी गेट, दिल्ली-110006

फोन : 011-23869812, 23865483, 23867791

website : www.rajpalpublishing.com

e-mail : sales@rajpalpublishing.com

www.facebook.com/rajpalandsons

उत्तररामचरित

(प्रसिद्ध संस्कृत नाटक का हिन्दी रूपान्तर)

महाकवि भवभूति

राजपाल

भूमिका

संस्कृत साहित्य के सर्वप्रिय नाटककारों में भवभूति का सम्मानपूर्ण स्थान है। अपनी कृति 'उत्तररामचरित' के लिए ही उसकी ख्याति संसार में अनश्वर रूप से विद्यमान है।

आलोचनाशास्त्र के पण्डितों द्वारा उत्तररामचरित नाट्यकला की एक अद्वितीय रचना स्वीकार की गई है। इसमें सात अंक हैं, इसकी कथावस्तु रामायण के उत्तरकाण्ड पर आश्रित है।

लंका में रावण का संहार करके श्रीराम सीता-सहित अयोध्या में वापिस आते हैं और उनका राज्याभिषेक होता है। उसी समय प्रजा के लोग सीता के चरित्र के सम्बन्ध में चर्चा आरम्भ कर देते हैं। जब दुर्मुख गुप्तचर द्वारा श्रीराम को जनापवाद का यह समाचार प्राप्त होता है, वे लक्ष्मण द्वारा सीता को वन में निर्वासित कर देते हैं।

सीता उस समय गर्भवती थी। वन में उसके दो पुत्र—कुश तथा लव उत्पन्न होते हैं। माता पृथ्वी तथा भागीरथी इस अवस्था में सीता का पालन-पोषण करती हैं और बच्चों को वाल्मीकि मुनि को, शिक्षा-दीक्षा के लिए सुपुर्द कर के सीता को अपने साथ पाताल-लोक में ले जाती हैं।

बारह वर्ष बाद श्रीराम अश्वमेध यज्ञ आरम्भ करते हैं। इसी समय, यज्ञ प्रारम्भ करने से पूर्व, वे शूद्र तपस्वी शम्बूक की खोज में दण्डकारण्य में जाते हैं। वहाँ उनकी पुरानी स्मृतियाँ उद्बुद्ध हो जाती हैं। भागीरथी को यह ज्ञान था कि श्रीराम दण्डकारण्य आने वाले हैं और वे लौटते हुए पंचवटी से अवश्य गुजरेंगे। अतः वह सीता को साथ लेकर गोदावरी से मिलने के लिए पंचवटी में पहुँच गई थी। वहाँ उसने सीता को फूल चुनने के बहाने उस स्थान पर भेजा जहाँ श्रीराम आ चुके थे। भागीरथी ने वरदान द्वारा सीता को अदृश्य बना दिया—यद्यपि सीता स्वयं सबको देख सकती थी।

पंचवटी में श्रीराम ने सीता की उपस्थिति को ही नहीं, प्रत्युत उसके अंगस्पर्श को भी अनुभव किया, परन्तु उसके दिखाई न देने पर उसे भ्रान्तिमात्र जान कर अति क्षुब्ध तथा विषण्ण होते हैं। निराश होकर वे अयोध्या आ जाते हैं।

अश्वमेध यज्ञ को आरम्भ करने के लिए यज्ञिय अश्व को छोड़ा जाता है।

लक्ष्मण का पुत्र चन्द्रकेतु सेनासहित उस अश्व की रक्षा के लिए साथ जाता है। अश्व घूमता-फिरता वाल्मीकि-आश्रम के समीप पहुँचता है। वहाँ लव तथा अन्य आश्रम के बच्चे उसे उत्सुकतावश पकड़ लेते हैं।

चन्द्रकेतु अश्व को छुड़ाने के लिए युद्ध शुरू करते हैं। परन्तु लव को देख कर अकारण ही उसका हृदय उसके प्रति आकृष्ट हो जाता है। परस्पर स्नेह-सम्बन्ध की भावना जागृत होती है। भगवान् राम उसी समय पुष्पक विमान द्वारा युद्धस्थल पर पहुँचते हैं और दोनों बच्चों को युद्ध-विराम के लिए प्रेरित करते हैं।

कुश भी तब वहाँ आ जाता है। इन दोनों—लव, कुश—को देख-देख कर श्रीराम विस्मित तथा चिन्तित होने लगते हैं और उन्हें, उन दोनों बच्चों में अपना तथा सीता का निकट सादृश्य दृष्टिगोचर होने लगता है।

तभी वाल्मीकि मुनि वहाँ उपस्थित हो जाते हैं और आश्चर्यचकित श्रीराम को अप्सराओं द्वारा किए गए अभिनय के लिए आमन्त्रित करते हैं। सहस्त्रों अन्य नर-नारी भी इस अभिनय को देखने के लिए उपस्थित होते हैं। नाट्यकला के जन्मदाता स्वयं भरत मुनि द्वारा वाल्मीकि-कृत कथावस्तु का अभिनय आरम्भ होता है। स्वर्ग से उतरी हुई उन अप्सराओं ने अपनी उत्कृष्ट कला का प्रदर्शन प्रस्तुत किया। द्रष्टा जन मन्त्रमुग्ध होकर उस अभिनय के करुण रसपूर्ण दृश्यों का अवलोकन करने लगे। सर्वप्रथम घोर वन में गर्भवती सीता का भागीरथी-तट पर लक्ष्मण द्वारा निर्वासन दिखाया गया। तदनन्तर भागीरथी माता की गोद में सीता के दो पुत्रों के जन्म तथा उसके पाताल में विलय का मर्मस्पर्शी दृश्य उपस्थित किया गया। पुनः बच्चों के वाल्मीकि-आश्रम में भरण-पोषण तथा शिक्षा-दीक्षा का चित्र भी प्रस्तुत किया गया।

इस समय रंगमंच पर से अप्सराएँ चली जाती हैं और स्वयं वाल्मीकि मुनि उपस्थित होते हैं। माता पृथ्वी तथा भागीरथी सीता को साथ लेकर पाताल-लोक से प्रकट होती हैं। वसिष्ठ-पत्नी अरुन्धती प्रजाजनों की, सीता के चरित्र पर मिथ्या लांछन लगाने के लिए, भर्त्सना करती है और राम को अपनी निर्दोष-निष्कलंक पत्नी को स्वीकार करने के लिए प्रार्थना करती है। समस्त प्रजा इस प्रार्थना में सम्मिलित होती है और अपने किए दुष्कर्म पर लज्जित होती है। तब राम और सीता का पुनर्मिलन होता है और आनन्द-विभोर प्रजाजनों के जय-जयकार के साथ अभिनय की समाप्ति होती है।

इस सुन्दर कथावस्तु के ग्रथन में भवभूति को अद्‌भुत सफलता प्राप्त हुई है। लेखक की सम्मति में यह सफलता कालिदास को अभिज्ञान शाकुन्तल की कथावस्तु के ग्रथन में प्राप्त सफलता से किसी अंश में कम नहीं है।

निःसन्देह भवभूति की अन्य दो कृतियाँ—महावीरचरित तथा मालतीमाधव—इतनी उच्चकोटि की नहीं हैं, जितनी उत्तररामचरित है। सम्भवतः इसका कारण यही है कि प्रथम दोनों रचनाएँ भवभूति की प्रारम्भिक अवस्था की हैं तथा अन्तिम रचना पूर्णावस्था की है। यही स्थिति कालिदास की अभिज्ञान शाकुन्तल के सम्बन्ध में मानी जा सकती

है, जो निस्संशय अन्य दो कृतियों—मालविकाग्निमित्र तथा विक्रमोर्वशीय—से अधिक उत्कृष्ट रचना है और अवश्यमेव परिपक्वावस्था में ग्रथित हुई प्रतीत होती है।

कई विद्वानों ने उत्तररामचरित के कर्ता के नाम के बारे में संशय प्रकट किया है। नाटक की प्रस्तावना में प्रणेता ने अपना परिचय इस तरह दिया है—

अस्ति खलु तत्रभवान् काश्यपः श्रीकण्ठपदलाञ्छनः पद
वाक्यप्रमाणज्ञो भवभूतिर्नाम जतुकर्णीपुत्रः।

—यह कवि कश्यप-गोत्र में उत्पन्न 'श्रीकण्ठ' पदवी से भूषित, व्याकरण, मीमांसा तथा न्यायशास्त्र का ज्ञाता, जतुकर्णी का पुत्र भवभूति नाम का है।

इस परिचय में निर्दिष्ट 'श्रीकण्ठ' शब्द को कुछ विद्वान् नाम रूप में स्वीकार करते हैं और 'भवभूति' को उसका विशेषण (**भवाद्भूतिर्यस्य**—जिसे भव अर्थात् महादेव जी से भूति—ज्ञान-सम्पत्ति प्राप्त हुई हो) बतलाते हैं। परन्तु यह धारणा युक्तिसंगत प्रतीत नहीं होती, क्योंकि 'श्रीकण्ठ' शब्द के साथ पदलांछन का प्रयोग यह स्पष्ट करता है कि वास्तव में 'श्रीकण्ठ' कवि का कोई भूषित करने वाला विरुद था, जिसका अर्थ है **'श्रीः सरस्वती कण्ठे यस्य'** (जिसके कण्ठ में सरस्वती का निवास हो।)। 'भवभूति' शब्द के समीप 'नाम' शब्द का प्रयोग होना यही सूचित करता है कि कवि का नाम भवभूति था—जिससे वह संसार में प्रसिद्ध है।

महावीरचरित की प्रस्तावना में भवभूति के पिता का नाम नीलकण्ठ तथा पितामह का नाम भट्टगोपाल कहा गया है। पिता के नाम में 'कण्ठ' शब्द का विन्यास देख कर ही यह भ्रम हुआ प्रतीत होता है कि कवि का नाम श्रीकण्ठ था। परन्तु यह परम्परा स्वीकार कर ली जाए तो पितामह के नाम में भी 'कण्ठ' पद का प्रयोग होना आवश्यक था।

राजशेखर (दशम शती) ने बालचरित में, कल्हण (द्वादश शती) ने राजतरंगिणी में तथा गोवर्धनाचार्य (चतुर्दश शती) ने आर्यासप्तशती में यशोवर्मा के समकालीन सुविख्यात कवि भवभूति का वर्णन किया है। मालतीमाधव में तो **'भवभूति नामा'** लिखकर कवि ने सन्देह को सर्वथा मिटा दिया है कि उसका नाम 'भवभूति' ही था, 'श्रीकण्ठ' कोई उसका विभूषक पद था।

मालतीमाधव की एक पुरानी हस्तलिखित पुस्तक में **'प्रकरणमिदं कुमारिल-शिष्यस्य उम्बेकाचार्यस्य'** (अर्थात् यह मालतीमाधव-प्रकरण कुमारिल के शिष्य उम्बेकाचार्य का लिखा हुआ है।) ऐसा निर्देश प्राप्त होता है, जिससे भवभूति का एक अन्य नाम उम्बेकाचार्य भी प्रतीत होता है। उम्बेकाचार्य कुमारिल भट्ट-कृत 'श्लोक वार्तिक' के टीकाकार-रूप में भी प्रसिद्ध है। वेदान्त के विख्यात ग्रन्थ 'तत्व प्रदीपिका' में चित्सुखाचार्य ने जहाँ 'उम्बेक' नाम की चर्चा की है, वहाँ भी टीकाकार ने भवभूति तथा उम्बेक का तादात्म्य प्रतिपादित किया है। 'श्लोक वार्तिक' की तात्पर्य टीका के रचयिता का नाम 'भट्ट उम्बेक' रूप में प्रदर्शित किया गया है। भवभूति के पितामह

का नाम भट्टगोपाल था। विद्वत्समाज में शास्त्र चतुष्टयवेत्ता को 'भट्ट' उपाधि से विभूषित करने की प्रथा थी। इसीलिए पितामह के समान भवभूति के 'उम्बेक' नाम से पूर्व 'भट्ट' पद का प्रयोग किया गया, ऐसा माना जा सकता है।

इस नाम के विषय में कुछ सन्देह का भी स्थान अवश्य है, क्योंकि मालतीमाधव के उपर्युक्त उद्धरण में तो उम्बेक को कुमारिल-शिष्य कहा गया है। परन्तु महावीरचरित की प्रस्तावना में भवभूति के गुरु का नाम ज्ञाननिधि लिखा गया है—

श्रेष्ठः परमहंसानां, महर्षीणामिवाऽङ्गिराः।
यथार्थनामा भगवान्, यस्य ज्ञाननिधिर्गुरुः॥

परन्तु इस सन्देह का निवारण इस तरह हो सकता है कि सम्भवतः 'ज्ञाननिधि' ही कुमारिल भट्ट का दूसरा नाम था। अथवा ज्ञाननिधि और कुमारिल भट्ट-दोनों ही भवभूति के गुरु थे। भवभूति ने सम्भवतः कुमारिल भट्ट से पूर्वमीमांसा का तथा ज्ञाननिधि से उत्तरमीमांसा का अध्ययन किया था। उत्तररामचरित की प्रस्तावना में भवभूति का **'पदवाक्य प्रमाणज्ञ'** विशेषण एवं उसी नाटक के चतुर्थ अंक में दाण्डायन-सौधातकि संलाप में—

समांसो मधुपर्क इत्याम्नायं बहु मन्यमानाः श्रोत्रिया-
याभ्यागताय वत्सतरीं महोक्षं या पचन्ति गृहमेधिनः।
तं हि धर्मं धर्मसूत्रकाराः समामनन्ति।

ऐसा उल्लेख करना भवभूति की श्रौतकर्म-विज्ञता एवं मीमांसाशास्त्र-निपुणता को प्रकट करता है।

अतः ज्ञाननिधि तथा कुमारिल भट्ट के शिष्य भवभूति का एक अन्य नाम उम्बेकाचार्य अथवा भट्टउम्बेक स्वीकार करने में विशेष विप्रतिपत्ति अवशिष्ट नहीं रह जाती।

भवभूति का जन्मस्थान कौन-सा था—इस सम्बन्ध में महावीरचरित तथा मालतीमाधव से कुछ संकेत प्राप्त होता है। **'अस्ति दक्षिणापथे पद्मपुरं नाम नगरम्'** तथा **'दक्षिणापथे विदर्भेषु'** निर्देश क्रमशः दोनों नाटकों में उपलब्ध होते हैं। इनसे स्पष्ट है कि दक्षिणापथ में विदर्भ प्रान्त के पद्मपुर नामक नगर में कवि का जन्म हुआ। दक्षिणापथ भारत का कौन-सा भाग था, इसका परिचय महाभारत के निम्नलिखित उद्धरण से स्पष्ट होता है—

एते गच्छन्ति बहवः, पन्थानो दक्षिणापथम्।
अवन्तिमृक्षवन्तञ्च, समतिक्रम्य पर्वतम्॥
एष पन्था विदर्भाणामसौ गच्छति कोशलान्।
अतः परञ्च देशोऽयं, दक्षिणे दक्षिणापथः॥

—ये अनेक मार्ग दक्षिणापथ को जा रहे हैं। यह ऋक्षवत् पर्वत को पार करके अवन्ति की तरफ जा रहा है। यह मार्ग विदर्भ को जा रहा है, और वह कोशल को। उस स्थान के दक्षिण में स्थित देश के दक्षिणापथ नाम से कहा जाता है।

इस कथन में सम्भवतः अशुद्धि न होगी कि दक्षिणापथ वर्तमान दक्कन है, जो दक्षिण का ही अपभ्रंश है। विदर्भ वर्तमान बरार रूप में विद्वानों द्वारा प्रायः स्वीकार किया जाता है। इसी बरार प्रान्त में पद्मपुर नाम के नगर में कवि का जन्म हुआ। यह पद्मपुर वर्तमान कौन-सा नगर है, यह अभी तक निश्चय नहीं किया जा सका।

यद्यपि भवभूति का जन्मस्थान बरार (पद्मपुर) था, तथापि उसने अपने जीवन का बड़ा भाग कान्यकुब्ज में व्यतीत किया, जहाँ वह महाराज यशोवर्मा के दरबार में राजकवि-रूप में था। सुप्रसिद्ध इतिहासकार कल्हण ने राजतरंगिणी में महाराज मुक्तापीड ललितादित्य (कश्मीर-नरेश) द्वारा कान्यकुब्ज के राजा यशोवर्मा के पराजित होने का वर्णन किया है। ''जिसने स्वयं कवि होने के कारण अपने विजेता का, कविता करके, यशोगान किया।'' कल्हण ने यशोवर्मा के सम्बन्ध में यह भी लिखा है कि उसके दरबार में वाक्पति, राजश्री, भवभूति आदि कवि उसकी सेवा करते थे—

कविर्वाक्पति-राजश्री-भवभूत्यादिसेवितः।
जितो ययौ यशोवर्मा, तद्गुणस्तुतिवन्दिताम्॥

इतिहासकारों द्वारा यशोवर्मा का काल सप्तम शती का उत्तरार्ध माना जाता है। अतः भवभूति कवि का काल भी यही स्वीकार किया जाना उचित है।

ऐसा प्रतीत होता है कि भवभूति को अपने जीवन-काल में कीर्ति-लाभ नहीं हो सका। कालिदास, बाणभट्ट आदि ने जो ख्याति जीवित अवस्था में प्राप्त कर ली, वह भवभूति के भाग्य में न आ सकी। अतएव निराशा से क्षुब्ध होकर उसने मालतीमाधव नाटक में लिख दिया (निम्नलिखित श्लोक भट्टउम्बेक-कृत 'श्लोकवार्तिक' की तात्पर्य टीका में भी मिलता है—जो भवभूति तथा भट्टउम्बेक के तादात्म्य को प्रमाणित करता है)—

ये नाम केचिदिह न प्रथयन्त्यवज्ञां
जानन्ति ते किमपि तान् प्रति नैष यत्नः।
उत्पत्स्यते तु मम कोऽपि समानधर्मा
कालो ह्ययं निरवधिः विपुला च पृथ्वी॥

भवभूति ने निराशा में भी इस आशा को प्रकट किया कि अवश्य कोई ऐसा समय आएगा, जब उसकी कविता का संसार में आदर होगा। उसे विश्वास था कि गुणग्राही लोग उत्पन्न होंगे और उसकी रचनाओं का उचित मूल्यांकन करेंगे।

वस्तुतः ऐसा ही हुआ। भवभूति की मृत्यु के बहुत वर्षों बाद ही, लगभग दशम शताब्दी से, उसके कवित्व का मूल्य पहचाना गया। भवभूति की साहित्य-क्षेत्र में प्रशंसा

इतनी बढ़ गई कि कुछ विद्वानों ने तो यहाँ तक कह दिया—

कवयः कालिदासाद्याः भवभूतिर्महाकविः।

—कालिदास आदि तो साधारण कवि हैं, भवभूति ही एकतम महाकवि है।

वर्तमान समय में भवभूति विश्व-विश्रुत कवि हैं। उसकी ख्याति न केवल संस्कृत साहित्य के क्षेत्र में सीमित है, परन्तु नाट्यकला के व्यापक क्षेत्र में भी यह विस्तृत हो चुकी है। पाश्चात्य देशों में इस कवि का अध्ययन किया गया है और इसे उत्कृष्ट कलाकार-रूप में स्वीकार किया गया है। प्रोफेसर विल्सन का मत है कि कला का सौन्दर्य तथा विचारों की उच्चता में संसार का अन्य कोई कवि भवभूति की तुलना नहीं कर सकता।

पण्डित विद्यासागर का कथन है, ''भवभूति की रचनाओं में जिस उदात्त एवं उत्कृष्ट रूप में विभिन्न रसों का परिपाक हुआ है, वैसा अन्यत्र कहीं दृष्टिगोचर नहीं होता।''

डाक्टर भण्डारकर भी भवभूति की आलोचना करते हुए निम्न शब्दों में उसका मूल्यांकन करते हैं, ''सघन वनों की एकान्त रम्यता, उत्तुंग शृंखलाओं की मनोरम भव्यता एवं संगीतमय जलप्रपातों की स्वर्गीय सुन्दरता के चित्रण में भवभूति अति निपुण है। वह प्रकृति का उपासक है। मानव-हृदय की अन्तर्हित वेदनाओं के चित्रण में भी वह सिद्धहस्त है। अन्तस्तल की कोमलता तथा गम्भीरता को समझने की क्षमता तो उसमें अद्भुत है। वह सामान्य पदार्थों में भी सौन्दर्य की खोज करता है। अनुभूति के सूक्ष्म तत्त्व का वह परिशीलन करता है। शैली पर उसका पूर्ण अधिकार है। शब्दों को अर्थ के अनुसार सजीव बोलता हुआ बनाने की भवभूति में अनुपम सामर्थ्य है।

सर्वसम्मति से उत्तररामचरित भवभूति की सुन्दरतम रचना है। इस सम्बन्ध में प्रसिद्ध उक्ति है, **'उत्तरे रामचरिते भवभूतिर्विशिष्यते'**, अर्थात् अन्य कृतियों की अपेक्षा भवभूति को उत्तररामचरित में विशिष्ट सफलता प्राप्त हुई है। जैसे ऊपर कहा जा चुका है, यह कृति कवि की परिपक्वावस्था की है। डाक्टर भण्डारकर, डाक्टर बलवेल्कर तथा डाक्टर लेनमन का भी यही मत है। उत्तररामचरित के भरत वाक्य से इसी मत की पुष्टि होती है—

शब्दब्रह्मविदः कवेः परिणतप्रज्ञस्य वाणीमिमाम्।

—शब्द-ब्रह्मवेत्ता, परिपक्व बुद्धि वाले कवि की इस वाणी (उत्तररामचरित) का विद्वान् लोग उचित सम्मान करें।

कुछ विचारकों ने मालतीमाधव को कवि की अन्तिम रचना सिद्ध करने का यत्न किया है। उनके अनुसार मालतीमाधव की शैली कल्पना के उच्च स्तर पर अवस्थित है। उत्तररामचरित तो केवल रामायण की छायामात्र है।

उनका कथन है कि उत्तररामचरित में, प्रस्तावना में, अभिनय की दृष्टि से कुछ

अशुद्धियाँ रह गई हैं, जिन्हें कवि ने मालतीमाधव में दूर कर दिया है। उत्तररामचरित में सूत्रधार के **'एषोऽस्मि कार्यवशाद् आयोध्यकस्तदानीतनश्च संवृत्तः'** के बाद प्रस्तावना की समाप्ति को बिना सूचित किए ही, कथावस्तु का आरम्भ कर दिया गया है। परन्तु मालतीमाधव में प्रस्तावना को समाप्त करके ही नाटकीय विषय का प्रवेश किया गया है।

पुनः उनका तर्क है कि मालतीमाधव में **'ये नाम केचिदिह न प्रथयन्त्यवज्ञां, उत्पत्स्यते तु मम कोऽपि समानधर्मा'** इत्यादि रोष के वचन तभी कहे जा सकते हैं, जब कवि की पूर्व कृतियों का सम्मान न हुआ हो और अन्त में क्षुब्ध होकर उसे कहना पड़ा हो कि मेरी रचनाओं का आदर कभी संसार में पीछे आने वालों द्वारा अवश्य होगा। इन वचनों से मालतीमाधव का ही भवभूति की अन्तिम कृति होना सिद्ध होता है।

परन्तु मालतीमाधव की श्रृंगार-रस-प्रधानता उपर्युक्त सब युक्तियों का परिहार करती है। युवावस्था के उन्माद में ही कवि प्रेम की सरल कल्पना कर सकता था। उत्तररामचरित का करुण रस एवं सत्त्वप्रधान धीरोदात्त नायक का चित्रण कवि की परिणत प्रज्ञा का ही परिचायक है और यही स्वीकार करना उचित प्रतीत होता है कि यही कृति उसकी अन्तिम कृति थी। मालती-माधव तथा महावीरचरित का लोकप्रिय न बन सकना भी इसी तथ्य का पोषण करता है।

तीनों नाटकों के अनुशीलन से यह स्पष्टतया सूचित होता है कि इनके रचयिता की हिन्दू धर्म में दृढ़ आस्था थी। महावीरचरित के नान्दी-वचन में कवि चेतन ज्योतिःस्वरूप निर्गुण ब्रह्म की स्तुति इस प्रकार करता है—

अथ स्वस्थाय देवाय, नित्याय हतपाप्मने।
व्यक्तक्रमविभागाय, चैतन्यज्योतिषे नमः॥

—सचिदानन्द परब्रह्म को नमस्कार है, जो स्वयं प्रकाश है, नित्य एवं निर्लेप है, जो अव्यक्त होकर भी नाम तथा रूप में अभिव्यक्त होता है, जो चेतनस्वरूप परम ज्योति है।

इसी महावीरचरित में यह भी स्पष्ट होता है कि कवि भगवान् राम को उस ब्रह्म का मूर्त रूप स्वीकार करता है और इसी व्यक्त ब्रह्म में उसकी असीम श्रद्धा एवं भक्ति है। वसिष्ठ के मुख से भगवान् राम का कवि ने इस प्रकार वर्णन किया है।

क्षमायाः स क्षेत्रं गुणमणिगणानामपि खनिः
प्रपन्नानां मूर्त्तः सुकृतपरिपाको जनिमताम्।
कृपारामो रामो वहिरिह दृशोपास्यत इति
प्रमोदाद् वै तस्याप्युपरि परिवर्तामह इति॥

—वह राम क्षमा के क्षेत्र हैं, गुणमणियों की खान हैं। शरण में आए हुए मनुष्यों के लिए, वे उनके पुण्यों का मूर्तिमान परिपाक हैं। वे राम कृपानिधान हैं। उन्हें आँखों से भी उपासना का विषय बनाया जा सकता है। उस भक्तिरस में डूबकर ऐसा अनुभव होता है कि हम किसी अनिर्वचनीय आनन्द में निमग्न हो गए हैं।

श्रीराम के प्रति भवभूति की भक्ति, केवल उदात्त नायक के रूप में ही नहीं है, अपितु आराध्य देव के रूप में है। इसका अधिक स्पष्टीकरण निम्न उद्धरण (महावीरचरित) से होता है—

इदं हि तत्त्व परमार्थभाजां, अयं हि साक्षात् पुरुषः पुराणः।
त्रिधा विभक्ता प्रकृतिः किलैषा, त्रातुं भुवि स्वेन सतोऽवतीर्णा॥

—यह श्रीराम परमार्थ-जिज्ञासुओं के लिए परमवेदितव्य तत्त्व हैं। यह पुराणपुरुष हैं, जिनका साक्षात्कार परमवांछनीय है। यही विश्व की मूल प्रकृति हैं जिसकी त्रिविध रूप—ब्रह्मा, विष्णु, महेश्वर—में अभिव्यक्ति होती है और जो जगत् के परित्राण के लिए पृथ्वी पर अवतरित होती है।

महावीरचरित की प्रस्तावना में भी कवि ने अपने पूर्व-पुरुषों का परिचय देते हुए, अपने वंश-क्रमागत धर्म का इस तरह प्रकाशन किया है—

"तत्र केचित् तैत्तिरीयाः काश्यपाश्चरणगुरवः पंक्ति-पावनाः पञ्चाग्नयो धृतव्रताः सोपपीथिनः उदुम्बराः ब्रह्मवादिनः प्रतिवसन्ति। तदामुष्यायणस्य तत्रभवतो वाजपेययाजिनो महाकवेः पञ्चमः सुगृहीतनाम्नो भट्टगोपालस्य पौत्रः पवित्रकीर्तेः नीलकण्ठस्यात्मसम्भवः श्रीकण्ठपदलाञ्छनो भवभूतिर्नाम जतुकर्णीपुत्रः।"

इस उद्धरण में कवि के पूर्व पुरुषों का वैदिक सोमपायी, याज्ञिक, ब्रह्मवादी ब्राह्मण होना सिद्ध होता है। उसके पितामह भट्टगोपाल विशेषरूप से वाजपेययाग के कर्मकाण्ड में निष्णात ब्राह्मण थे।

इस प्रकार भवभूति परम्परा-अनुसार वैदिक धर्म के अनुयायी तथा विशेष रूप से रामभक्त दृष्टिगोचार होते हैं। यह ठीक है कि मालतीमाधव में कवि ने शिव जी को एवं गणेश जी को भी नमस्कार किया है। परन्तु इतने से उसका शैव होना सिद्ध नहीं हो जाता है। विघ्न-शान्ति के लिए हिन्दूमात्र गणेश जी की वन्दना करता है। नटराज शिव जी की भी नाट्यकला-प्रवर्तक के रूप में वन्दना वैष्णव धर्म से विरोध उत्पन्न नहीं करती। भवभूति के तीनों नाटकों की प्रस्तावनाओं में ऐसा ज्ञात होता है कि इन नाटकों का अभिनय कालप्रियानाथ के यात्रा-उत्सव के समय किया जाता था। कालप्रिया अथवा दुर्गा के नाथ शिव जी का नाट्यकला के साथ अटूट सम्बन्ध था। इसी कारण शिव जी का स्मरण नाट्यवस्तु के अभिनय में प्रायः आवश्यक माना

जाता था। ऐसा केवल धर्म की दृष्टि से नहीं, प्रत्युत नाटकीय दृष्टि से किया जाता था।

मालतीमाधव में भवभूति ने स्वयं अपने वेदों, उपनिषदों, सांख्य, योग आदि हिन्दू शास्त्रों के ज्ञान की तरफ संकेत किया है, यद्यपि वह उसे नाटक-कला के लिए अत्यन्त आवश्यक नहीं मानता–

यद् वेदाध्ययनं तथोपनिषदां सांख्यस्य योगस्य च
ज्ञानं तत्कथनेन किं? नहि ततः कश्चिद् गुणो नाटके।

अपने शास्त्रीय पाण्डित्य का परिचय कवि ने कई अन्य स्थानों पर दिया है। महावीरचरित में **'राष्ट्रगोपः पुरोहितः'** कह कर उसने ऐतरेय ब्राह्मण का ज्ञान प्रकट किया है। इसी प्रकार उत्तररामचरित में **'असुर्या नाम ते लोकाः'** इत्यादि वाक्यों द्वारा उपनिषदों का बोध प्रदर्शन किया है। वहीं पर–

विद्याकल्पेन मरुता, मेघानां भूयसामपि।
ब्रह्मणीव विवर्तानां, क्वापि प्रविलयः कृतः॥

इस श्लोक से कविवर ने वेदान्त के अद्वैत सिद्धान्त का उद्भासन किया है। मालतीमाधव में भी महाकवि ने योग तथा तन्त्र में अपनी सरल गति का प्रकाशन किया है। इन सबसे भवभूति के कवित्व के अतिरिक्त असाधारण वैदुष्य का भी परिचय मिलता है।

भवभूति के सम्बन्ध में इतना लिखने के बाद अब उत्तररामचरित नाटक के विषय में भी कुछ आलोचना करनी आवश्यक है।

जैसे ऊपर कहा जा चुका है, उत्तररामचरित भवभूति की सर्वोत्कृष्ट रचना है। उत्तररामचरित की कथावस्तु वाल्मीकि रामायण से ली गई है। इस कथावस्तु के ग्रथन में कवि ने अद्भुत कला का प्रदर्शन किया है। वाल्मीकि के राम और सीता, नाटक में दिव्य-उदात्त नायक तथा नायिका-रूप में उपस्थित किए गए हैं। कवि की ग्रथन-चातुरी में कोई भी आलोचक सन्देह नहीं कर सकता।

इस कथन में भी असत्य नहीं है कि भवभूति की रचना पर कालिदास तथा भास की कृतियों का अवश्य प्रभाव पड़ा है। इन दोनों पुरातन नाटककारों की परम्परा की उपेक्षा भी कैसे की जा सकती थी? भवभूति इन दोनों के प्रति अवश्य ऋणी हैं, परन्तु फिर भी उसकी अपनी मौलिकता को अस्वीकार नहीं किया जा सकता।

कालिदास के अभिज्ञान शाकुन्तल तथा भास की स्वप्नवासवदत्ता की छाया भवभूति के उत्तररामचरित पर कहीं-कहीं अवश्य दिखाई देती है। उदाहरण-रूप में, सीता तथा शकुन्तला--दोनों का अपने पतियों द्वारा परित्याग किया जाता है और वह भी तब जब कि दोनों के गर्भ में सन्तान है। राम और दुष्यन्त समान रूप से पत्नी-परित्याग के बाद विषाद-ग्रस्त हो जाते हैं। दोनों का अपनी पत्नियों के साथ

सुदूर आश्रमों में पुनर्मिलन होता है और वह भी अपने अपरिचित पुत्रों के द्वारा।

शाकुन्तल (अंक 7) में दुष्यन्त सर्वदमन को देख कर कहता है–

अस्य बालकस्य रूपसंवादिनी आकृतिः।

इस वाक्य की उत्तररामचरित (अंक 6) के निम्न वाक्य से सदृशता स्पष्ट है। इसे राम ने लव को देखने के बाद कहा–

अये! न केवलमस्मत् संवादिनी आकृतिः।

दोनों वियुक्ता पत्नियाँ पति-वियोग से निरन्तर पीड़ित रहती हैं और अकस्मात् पतियों को मिल कर, उनकी दुर्बलता को देख कर अति दुःखित होती हैं। कालिदास की शकुन्तला दुष्यन्त को पहचान भी नहीं सकती है और कहती है, "यह तो आर्यपुत्र के सदृश नहीं है"–**न खलु आर्यपुत्र इव**। इसी प्रकार भवभूति की सीता भी राम को देखकर विषाद से कहती है, "हाय इनकी आकृति किस प्रकार प्रभातकालीन चन्द्र-मण्डल के समान क्षीण एवं पाण्डुर वर्ण हो गई है"–**हा कथं प्रभातचन्द्र-मण्डलपाण्डुराकृतिः।**

दुष्यन्त दीर्घ विरह के बाद आश्रम में शकुन्तला को मिलते हुए मर्मस्पर्शी शब्दों में कहता है–

वसने परिधूसरे दधाना, नियमक्षाममुखी धृतैकवेणिः।
अतिनिष्करुणस्य शुद्धशीला, मम दीर्घ विरहव्रतं विभर्ति॥

शकुन्तला के इस वर्णन का तमसा द्वारा किए गए विरहिणी सीता के वर्णन के साथ कितना सादृश्य है–

परिपाण्डुदुर्बलकपोलसुन्दरं, दधती विलोलकबरीकमाननम्।
करुणस्य मूर्तिरिव वा शरीरिणी, विरहव्यथेव वनमेति जानकी॥

कालिदास तथा भवभूति–दोनों को ही, विरहिणियों के यथार्थ चित्रण में समान सफलता प्राप्त हुई है। विरहिणियों का अपने प्रिय पतियों के साथ संयोग समान सौन्दर्य से दिव्य ब्रह्मर्षियों की उपस्थिति में, रमणीय तपोवन-भूमियों में कराया गया है।

महाकवि भास के स्वप्नवासवदत्ता नाटक (अंक 5) में महाराजा उदयन अपनी प्रेयसी वासवदत्ता को (जिसकी मृत्यु मन्त्री यौगन्धरायण ने आग में जल जाने के कारण घोषित कर दी थी–परन्तु जो वस्तुतः जीवित थी) स्वप्न में देखते हैं और नींद में ही रोना आरम्भ करते हैं। उस समय वासवदत्ता आती है, महाराज के अंगों का स्पर्श करती है और लौट जाती है। उदयन-स्पर्श-सुख का अनुभव करने के साथ ही उठ बैठते हैं–परन्तु वासवदत्ता को न देख कर अधिक विलाप करते हैं।

उत्तररामचरित में लगभग ऐसा ही दृश्य सीता-स्पर्श से राम के सम्बन्ध में दिखाया

गया है। राम उन्मत्त होकर वासन्ती से कहते हैं, मैंने अभी सीता को देखा है।

स्वप्नवासवदत्ता में उद्धरण इस प्रकार है—

उदयन—मित्र (विदूषक)! तुम्हारे लिए एक अच्छा समाचार है, वासवदत्ता जीवित है।

विदूषक—हाय, वासवदत्ता, कहाँ है वासवदत्ता? वह तो कब की मर चुकी।

उदयन—नहीं, मित्र नहीं। मैं आधा जाग रहा था, जब वह आई। अपने मधुर स्पर्श से उसने मुझे उठाया और फिर चली गई। रुमण्वत् ने मुझे यह कह कर धोखा दिया है कि वह मर चुकी है।

उत्तरारामचरित में एतत्सदृश ही प्रकरण है—

राम—सखि वासन्ती, तुम्हारा सौभाग्य उदय हुआ आज।

वासन्ती—वह कैसे महाराज!

राम—सीता मुझे मिल गई है।

वासन्ती—महाराज, वह कहाँ है?

राम—वह देखो, तुम्हारे सामने खड़ी है।

निस्सन्देह भास, कालिदास तथा भवभूति भरत की नाट्यकला-परम्परा के परस्पर गुँथे हुए एक ही हार के मोती हैं। उत्तरकालीन कवियों पर इन्हीं तीनों की अमिट छाप स्पष्ट रूप से दृष्टिगोचर होती है। निस्संशय भवभूति पर अपने पूर्ववर्ती दोनों महाकवियों की भी छाप है।

कालिदास को बाह्यजगत् के चित्रण में जहाँ विशेष सफलता प्राप्त हुई है, वहाँ भवभूति को अन्तर्जगत् के आलेख्य-लेखन में विशेष सफलता मिली है। भवभूति मानव-हृदय की अनुभूतियों को समझने तथा उन्हें सरस-सान्द्र शैली द्वारा प्रस्तुत करने में अधिक दक्ष है। वैसे दोनों ही कवि-मूर्धन्य अपनी-अपनी कृतियों में अनुपम हैं—उनकी परस्पर तुलना ही सुकर नहीं है।

'एक एव भवेदंगी शृंगारो वीर एव वा'—साहित्यदर्पण के इस पुरातन सिद्धान्त के अनुसार कालिदास ने अपने तीनों नाटकों का प्रधान रस शृंगार रखा है। ऐसा करते हुए कालिदास ने रूढ़ि की दासता ही प्रकाशित की है। अन्यथा तीनों नाटकों में किसी एक में तो अन्य रस का भी प्रधानतया समावेश किया जाता।

भवभूति ने इस सम्बन्ध में अधिक विशाल दृष्टि का परिचय दिया है। मालतीमाधव में जहाँ उसने शृंगाररस को प्रधान रस बनाया है, वहाँ उत्तररामचरित में करुणरस को प्रधानता दी है। वयःपरिणाम के साथ इस रस की महत्ता तथा गरिमा को भवभूति ने स्वयं इतना अनुभूत किया कि उसने उत्तररामचरित (3-47) में यहाँ तक कह डाला कि—

एको रसः करुण एव निमित्तभेदात्
भिन्न पृथक् पृथगिव श्रयते विवर्तान्।

आवर्त बुद्बुद्तरङ्गमयान् विकारान्
अम्भो यथा सलिलमेव हि तत्समस्तम्॥

—करुण ही वस्तुतः एक रस है। वही निमित्त-भेद से भिन्न होता हुआ पृथक्-पृथक् शृंगार आदि परिणामों का आश्रय करता है। जैसे एक जल ही भँवर, बुद्बुद और तरंग-रूप अनेक विकारों में परिणत होता है, परन्तु वह सब वस्तुतः जल ही है—इसी प्रकार अन्य सब रस करुण रस के ही विकारमात्र हैं।

भवभूति द्वारा उत्तररामचरित में सीता-विसर्जन का चित्र किस सहृदय के हृदय को उन्मथित नहीं कर देता? स्वयं राम इस विसर्जन की पीड़ा को सहन नहीं कर सकते; केवल जनापवाद के निवारण के लिए वे यह घोर कार्य कर बैठते हैं। विलाप करते हुए वे स्वयं कहते हैं—

शैशवात् प्रभृति पोषितां प्रियां, सौहृदादपृथगाश्रयामिमाम्।
छद्मना परिददामि मृत्यवे, शौनिके गृहशकुन्तिकामिव॥ (1-45)

—बचपन से पोषण की गई—प्रेम के कारण मेरे से कभी बिछुड़ कर न रहने वाली, अपनी प्रिया सीता को, आज मैं छल से मौत के मुँह में डालने लगा हूँ, जैसे कोई बधिक घर में पाली हुई मैना को सूनागृह में भेज रहा हो।

दण्डकारण्य में जाकर प्रिया सीता की स्मृतियों से पीड़ित होकर श्रीराम किस प्रकार करुण क्रन्दन करते हैं—

हा हा देवि! स्फुटति हृदयं ध्वंसते देहबन्धः
शून्यं मन्ये जगदविरलज्वालमन्तर्ज्वलामि।
सीदन्नन्धे तमसि विधुरो मज्जतीवान्तरात्मा
विष्वङ्मोहः स्थगयति कथं मन्दभाग्यः करोमि॥ (3-38)

—हाय-हाय देवि! मेरा हृदय बिदीर्ण हो रहा है, शरीर का सन्धि-बन्धन शिथिल पड़ रहा है। संसार मुझे सूना दिखाई दे रहा है। मैं शरीर के भीतर अविरल ज्वाला से जल रहा हूँ। अवसन्न होकर प्रियारहित अन्तरात्मा मानो गाढ़ अन्धकार में डूबा जा रहा है। चारों तरफ से मूर्च्छा आवरण कर रही है। मन्द भाग्य वाला मैं, अब क्या करूँ?

करुण रस का कितना मर्मच्छेदी दारुण वर्णन है? इसी कारण भवभूति को प्रधानतया करुण रस का कवि कहा जाता है। उसके करुण रस में तो 'पत्थर' भी रोना आरम्भ कर देता है, वज्र का हृदय भी विदीर्ण हो जाता है—**'अपि ग्रावा रोदित्यपि दलति वज्रस्य हृदयम्'**। गोवर्द्धनाचार्य ने 'आर्या सप्तशती' में भवभूति की वाणी को वह पर्वतभूमि कहा है, जिसका प्रत्येक पाषाण, करुणा से क्रन्दन कर उठता है—

भवभूतेः सम्बन्धात्, भूधरभूरेव भारती भाति।
एतत्कृतकारुण्ये, किमन्यथा रोदिति ग्रावा॥

उत्तररामचरित में विदूषक का अभाव करुण रस की परिपुष्टि के लिए ही है। नायक श्रीराम करुणा में अभिभूत होने के कारण परिहास का अवसर ही प्राप्त नहीं कर सकते। मानो कवि ने उन्हें मूर्त करुण रस ही बनाया हो। जगद्वन्द्या सीता की विशुद्ध प्रतिमा उनकी आँखों के सदा सम्मुख रहती है और वे उसी को सब जगह देखते हैं। उसे न पाकर, वे अतिसन्तप्त हो जाते हैं–

अयि चण्डि जानकि! इतस्ततो दृश्यसे, नानुकम्पसे।
...क्वासि प्रिये! देवि! प्रसीद प्रसीद! न मामेवंविधं परित्यक्तुमर्हसि।

वासन्ती जब राम को, अपने लोकोत्तर धैर्य से सहारा देने के लिए कहती है और उसे बतलाती है कि प्रिय सखी सीता अब संसार में कहाँ, तब अपने हृदय को थाम कर राम निराशा के ये वचन कह कर रह जाते हैं–

व्यक्तं नास्त्येव! कथमन्यथा वासन्त्यपि न पश्येत्। अपि खलु स्वप्न एष स्यात्। न चास्मि सुप्तः? कुतो रामस्य निद्रा? सर्वथाऽपि स एवैष भगवाननेकवारकल्पितो विप्रलम्भः पुनःपुनरनुबध्नाति माम्।

–सचमुच सीता यहाँ नहीं है। नहीं तो वासन्ती भी उसे कैसे न देखती? कदाचित् यह स्वप्न हो। मैं सोया हुआ भी नहीं हूँ। राम को नींद कहाँ? सब तरह से वह ऐश्वर्यसम्पन्न और चिन्ता से परिकल्पित भ्रम ही कदाचित् मुझे बार-बार सता रहा है।

राम का स्वयं सीता का परित्याग करके इस प्रकार करुण क्रन्दन करना असंगत-सा प्रतीत होता है–परन्तु उनकी विवशता को जानकर 'राम निर्दोष हैं' ऐसा ही स्वीकार करना पड़ता है। धर्म-संकट के कारण ही श्रीराम को सीता-परित्याग करना पड़ा। राजधर्म के पालन के लिए उन्हें अपने सुख, प्रिया सीता एवं पत्नी-धर्म को भी तिलांजलि देनी पड़ी। स्वयं भागीरथी माता राम का पक्ष लेते हुए पृथ्वी को अपने दामाद पर कोप न करने के लिए इस प्रकार समझाती है–

''लोक में भयंकर अकीर्ति फैल गई थी। लंकाद्वीप में सीता की जो अग्नि-परीक्षा हुई, उसका यहाँ के लोग कैसे विश्वास करें। इक्ष्वाकु-कुल के राजाओं का यह वंश-क्रमागत धर्म है कि–सम्पूर्ण प्रजाओं की आराधना की जाए। इस कारण इस धर्म-संकट में वत्स रामभद्र और क्या कर सकता था?'' (7-6)

भवभूति की समस्त काव्य-कला श्रीराम को निष्कलंक प्रमाणित करने में ही प्रयुक्त हुई है। उत्तररामचरित में करुण रस का पुट इसी कारण इतना प्रभावोत्पादक बन सका है। वस्तुतः उत्तररामचरित की विशेषता ही उसकी अविरल, अनविच्छिन्न करुण रस-धारा है।

उत्तररामचरित की रीति वैदर्भी है। कवि की इस रचना में माधुर्य एवं प्रसाद गुण कूट-कूट कर भरे हुए हैं। इस रचना में ललित शब्दों एवं कोमल भावनाओं का ऐसा सुन्दर सम्मिश्रण हुआ है कि उसकी उपमा मिलनी कठिन है। कालिदास के शाकुन्तल से भी अधिक हृदयहारिणी शैली का इसमें अनुसरण किया गया है।

शाकुन्तल की नायिका संसार की साधारण अभिसारिका नारी है। उसका प्रेम अपने पिता कण्व की अनुज्ञा के बिना था और 'आश्रम-व्यापार-विरोधी' अर्थात् आश्रम की उच्च मर्यादा के प्रतिकूल था। इस मर्यादा के उल्लंघन के कारण ही उसे प्रायश्चित-रूप में पति प्रत्याख्यात होना पड़ा। कालिदास ने नारी-चरित्र की दुर्बलता दिखाने के लिए ही सम्भवतः ऐसा चरित्र चित्रण किया।

परन्तु भवभूति की सीता भारत की आदर्श नारी है। उसका अपने प्रियतम के प्रति प्रेम उच्छृंखल नहीं है। वह राम में निष्कारण प्रीति एवं भक्ति रखती है। सीता अपने पति की प्यारी है। उसका प्रत्याख्यान राजधर्म-पालन से विवश होकर पति द्वारा किया गया, प्रेम की किसी न्यूनता के कारण नहीं। दुष्यन्त ने शकुन्तला का अपमान करके और उसके साथ समस्त स्त्री-जाति का अपमान करके, उसका विसर्जन किया। कालिदास का इस प्रकार स्त्री-जाति के प्रति कठोर होना अन्यायपूर्ण था। परन्तु क्योंकि उसका नायक साधारण राजा ही था, इसलिए उससे ऐसा व्यवहार कराना यथार्थता के विरुद्ध भी न था।

कालिदास की विशिष्टता प्रकृति-चित्रण में है—इसमें वह भवभूति से बढ़ा हुआ है। भवभूति मानव-हृदय के चित्रण में कुशल है। वह अत्यन्त भावुक है। अपने दिव्य धीरोदात्त नायक राम को भी वह अधीरता की मूर्ति बना देता है। भवभूति का प्रेम केवल शारीरिक व लैंगिक ही नहीं—यह तो दो आत्माओं की दिव्य अनुभूति है, अनिर्वचनीय पारस्परिक चेतना है। "यह सुख और दुःख में एक रूप है, सभी अवस्थाओं में एक रस है। इसमें हृदय का विश्राम है। काल बीतने पर भी इसका ह्रास नहीं होता। समय के साथ तो वह अधिक परिपक्व और राशीभूत हो जाता है। यही ब्रह्मानन्द-सहोदर—अद्वैत प्रेम सच्चा आनन्द है।" (1-39)।

उत्तररामचरित के अन्तिम अंक में अरुन्धती के मुख द्वारा भवभूति ने पाणिग्रहण तथा प्रेम के भारतीय आदर्श को इस प्रकार उपस्थित किया है—

जगत्पते रामभद्र।
नियोजय यथाधर्मं, प्रियां त्वं धर्मचारिणीम्।
हिरण्मय्याः प्रतिकृतेः पुण्यां प्रकृतिमध्वरे॥

—हे जगत्पति राम! इस अपनी प्रिय पत्नी को स्वीकार करो, जो तुम्हारी सहधर्मचारिणी है। सुवर्णमयी प्रतिमा को हटा कर, अब इस प्रकृति-रूप सीता को यज्ञ-धर्म-सम्पन्न करने के लिए अपने साथ नियुक्त करो।

भवभूति के नायक-नायिका कालिदास के नायक-नायिकाओं से कहीं उत्कृष्ट हैं। उनका चरित्र-चित्रण भारतीय मर्यादा तथा आदर्शों का यथार्थ चित्रण है। उसकी कवित्व-प्रतिभा भी कालिदास से कम नहीं, यद्यपि वह कालिदास के समान प्रचुर काव्य का सृजन नहीं कर सकी। शाकुन्तल तथा उत्तररामचरित की परस्पर तुलना में कालिदास तथा भवभूति लगभग एक समान उतरते हैं। कालिदास का प्रथम वैशिष्ट्य केवल सर्वप्रथम पाश्चात्य आलोचकों के ज्ञानगोचर होने के कारण हुआ है। तुलनात्मक समीक्षा में दोनों महाकवियों का मूल्यांकन प्रायः समान रूप से ही किया जाना उचित है।

—इन्द्र

पात्र

पुरुष पात्र

सूत्रधार	प्रधान नट
नट	सूत्रधार-सहकारी
रामचन्द्र (नायक)	अयोध्यापति सूर्यवंशी राजा
लक्ष्मण	सुमित्रा-पुत्र, राम का अनुज
शत्रुघ्न	सुमित्रा का छोटा पुत्र, लक्ष्मण का अनुज
जनक	मिथिलाधीश, राम-श्वसुर
अष्टावक्र	मुनि-विशेष
वाल्मीकि	रामायण-प्रणेता महर्षि
सौधातकि, **दाण्डायन**	वाल्मीकि-शिष्य
कुश-लव	राम के पुत्र
चन्द्रकेतु	लक्ष्मण-पुत्र
सुमन्त्र	सारथि
विद्याधर	देवयोनि-विशेष
कंचुकी (गृष्टि)	अन्तःपुर-चर, वृद्ध ब्राह्मण
दुर्मुख	गुप्तचर
शम्बूक	शूद्र-तापस
	मुनि कुमार, सैनिक आदि।

स्त्री-पात्र

सीतादेवी (नायिका)	जनक-तनया—राम-पत्नी
वासन्ती	वन-देवी, सीता की सखी
आत्रेयी	ब्रह्मचारिणी
तमसा, **मुरला**	नदी-अधिष्ठात्री देवी
भागीरथी	गंगा देवी
कौशल्या	राम-जननी
पृथ्वी	सीता-जननी
अरुन्धती	वसिष्ठ-पत्नी
विद्याधरी	विद्याधर-पत्नी
प्रतिहारी	अन्तःपुर-द्वार की रक्षिका

उत्तररामचरित

वाल्मीकि-व्यास आदि को, करते हम प्रणाम हैं।
ब्रह्म-कला वाणी को भी, नमस्कार अभिराम है॥

[नान्दी की समाप्ति पर]

सूत्रधार : बस-बस, बहुत हुआ। आज इस कालप्रियानाथ भगवान् शिव जी के यात्रोत्सव पर मैं उपस्थित हुए आर्य महानुभावों को सूचित करता हूँ—ऐसा आप सबको विदित हो कि कश्यप-गोत्र में उत्पन्न, जतुकर्णी के पुत्र, 'श्रीकण्ठ' पदवी से भूषित, व्याकरण-न्याय-मीमांसा के ज्ञाता भवभूति नाम से एक महाकवि हैं, जिनका ब्रह्मा के समान अनुसरण, सरस्वती देवी वशवर्तिनी होकर, करती है। आज उसी भवभूति से प्रणीत उत्तररामचरित कृति का अभिनय हम प्रस्तुत करेंगे।
यह मैं कवि की प्रेरणा से तत्कालीन अयोध्या-निवासी बन गया हूँ।
(चारों तरफ देखकर)
अरे, यह क्या—जब पौलस्त्यकुल के धूमकेतु महाराज रामचन्द्र जी के राज्याभिषेक का मंगल-महोत्सव चल रहा है तो राजमार्गों पर यह सूनापन क्यों? कहीं पर कोई आता-जाता ही दिखाई नहीं देता।

[प्रवेश करके]

नट : मित्र, महाराज ने लंका-विजय के बाद साथ आए सब वानर-सुहृदों, राक्षसों तथा सत्कार के लिए उपस्थित नाना दिशाओं को पवित्र करने वाले महर्षियों एवं राजर्षियों को अपने-अपने घर भेज दिया है, जिनके आने के उपलक्ष्य में अब तक आनन्द-प्रमोद चल रहा था।

सूत्रधार : अच्छा, समझा—यह कारण है।

नट : और भी। श्रीराम की माताएँ कौशल्या आदि देवियाँ गुरु वसिष्ठ तथा उसकी धर्मपत्नी अरुन्धती के साथ यज्ञ में सम्मिलित होने के लिए दामाद के आश्रम में गई हैं।

सूत्रधार : मैं परदेसी हूँ; पूछता हूँ कि यह दामाद कौन है?

नट : महाराज दशरथ ने शान्ता नाम की एक कन्या को उत्पन्न किया। उन्होंने उसे राजा रोमपाद को पुत्री-रूप में भेंट किया। विभाण्डक के पुत्र ऋष्यशृंग ने उस शान्ता से विवाह किया। यह ऋृष्यशृंग महाराज दशरथ का दामाद है। उसने अब बारह वर्ष का यज्ञ आरम्भ किया हुआ है। उसी यज्ञ में सम्मिलित होने के लिए गुरुजन कठोर गर्भ वाली जानकी को भी छोड़ कर गए हुए हैं।

सूत्रधार : अच्छा, इन बातों से क्या? चलो, हम दोनों अपनी जाति-मर्यादा के अनुसार राजद्वार पर जा कर ठहरते हैं।

नट : हाँ चलो। चल कर महाराज की ऐसी प्रशस्ति कर गान करें जो सर्वथा दोषरहित हो।

सूत्रधार : मित्र, प्रशस्ति जैसी भी हो, उसका प्रयोग करना चाहिए। सर्वथा निर्दोष प्रशस्ति कहाँ? स्त्रियों के चरित्र तथा वाणी के सम्बन्ध में दुष्ट लोग सदा छिद्रान्वेषण करते रहते हैं।

नट : 'अति दुष्ट लोग' ऐसा कहना चाहिए। देखो, देवी वैदेही के सम्बन्ध में भी लोग निन्दा से पूर्ण हैं। इसका कारण देवी का राक्षस के घर में ठहरना है। अग्नि देवता द्वारा उसकी शुद्धि में लोगों का अविश्वास है।

सूत्रधार : यदि यह किंवदन्ती महाराज तक पहुँच जाए, तो बड़ा अनर्थ होगा।

नट : देवता और ऋषिजन सर्वथा कल्याण ही करेंगे। *(घूमकर)* हे-हे महाराज! कहाँ हैं अब? *(सुनकर)* अच्छा, लोग ऐसा कहते हैं कि राजा जनक स्नेह-सत्कार के लिए अयोध्या में कुछ दिन आ कर और उन्हें आनन्द-मंगल सहित व्यतीत करके, आज मिथिला को वापिस लौटे हैं। और महाराज अब धर्मासन से उठ कर दुःखित देवियों को सान्त्वना देने के लिए निवास-गृह में प्रविष्ट हुए हैं।

[दोनों निकल जाते हैं।]

प्रथम अंक

[सीता के साथ बैठे हुए श्रीराम का प्रवेश]

राम : देवि वैदेही, आश्वासन करो। वे गुरुजन हमें कभी नहीं छोड़ सकते। कर्त्तव्य-पालन मनुष्य की स्वतन्त्रता का अपहरण कर लेता है। यज्ञाग्नि प्रदीप्त करने वाले गृहस्थियों का गृहस्थ-धर्म अनेक विघ्नों से परिपूर्ण होता है।

सीता : जानती हूँ आर्यपुत्र, जानती हूँ। किन्तु बन्धुजनों का वियोग सन्तापकारी होता है।

राम : हाँ, ऐसा ही है। संसार की ये अनुभूतियाँ हृदय-मर्मो को छेदने वाली होती हैं। इन्हीं से ग्लानि करते हुए मनीषी लोग सब कामनाओं का परित्याग करके जंगलों का आश्रय लेते हैं।

[प्रवेश करके]

कंचुकी : रामभद्र,...*(इस तरह आधा कहने पर शंका के साथ)* महाराज...

राम : *(मुस्कुराते हुए)* आर्य, आपका मुझे 'रामचन्द्र' इस तरह सम्बोधित करना ही शोभा देता है। अतः जैसा आपको अभ्यास है, वैसा ही आप कहा करें।

कंचुकी : ऋष्यशृंग के आश्रम से अष्टावक्र पधारे हैं।

सीता : आर्य, तो विलम्ब क्यों करते हो।

राम : शीघ्र ही उन्हें प्रवेश कराओ। *(कंचुकी चला जाता है।)*

[प्रवेश करके]

अष्टावक्र : आप दोनों का कल्याण हो।

राम : भगवन्, अभिवादन करता हूँ। इधर बैठिए।

सीता : भगवन्, नमस्ते। गुरुजन, जमाता, आर्या शान्ता सब कुशलपूर्वक तो हैं न?

अष्टावक्र : सोमपान करने वाले भगवान् ऋष्यशृंग तथा आर्या शान्ता सर्वथा कुशलपूर्वक हैं।

सीता : क्या हमें स्मरण भी करते हैं?

अष्टावक्र : *(बैठ कर)* क्यों नहीं। देवि, कुलगुरु भगवान् वसिष्ठ जी ने तुम्हें इस तरह कहा है : 'भगवती विश्वम्भरा ने तुम्हें उत्पन्न किया है। प्रजापति के समान महाराज जनक तुम्हारे पिता हैं। हे नन्दिनी! तुम उन राजाओं की वधू हो, जिनके कुल में स्वयं सूर्य भगवान् और हम गुरु हैं। तो और क्या आशीर्वाद दें—केवल यही कहना है कि तुम वीर-प्रसवा बनो।'

राम : हम अनुगृहीत हुए। संसारी साधुओं की वाणी तो अर्थ का अनुसरण करती है, परन्तु आदि ऋषियों के सम्बन्ध में यह सत्य है कि अर्थ उनकी वाणी का अनुसरण करता है।

अष्टावक्र : और भगवती अरुन्धती, देवियों तथा आर्या शान्ता ने बारम्बार यह सन्देश भेजा है कि इस जानकी का जो कोई गर्भकालीन दोहद उत्पन्न हो, उसे अवश्य एवं शीघ्र ही पूर्ण किया जाए।

राम : जैसा भी यह कहेगी, वैसा ही किया जाएगा।

अष्टावक्र : ननद के पति ने भी देवी के लिए यह सन्देश भेजा है कि 'वत्से! तुम कठोर गर्भ वाली थी, इसीलिए तुम्हें यहाँ नहीं लाया गया। वत्स रामभद्र को भी तुम्हारे मनोविनोद के लिए वहीं रहने दिया है। तो आयुष्मती को हम पुत्र से गोद भर जाने के बाद मिलेंगे।''

राम : *(हर्ष, लज्जा तथा मुस्कुराहट के साथ)* ऐसा ही हो। भगवान् वसिष्ठ ने और कुछ आदेश नहीं भेजा?

अष्टावक्र : सुनो। ''हम यहाँ जामाता के यज्ञ में रुके हुए हैं। तुम अभी बालक ही हो, यह राज्य नया है। हमारा यही आदेश है कि तुम प्रजारंजन में सदा संलग्न रहो। राजाओं के लिए यश ही सर्वोत्कृष्ट धन है, तुम उसका उपार्जन करो।''

राम : जैसे भगवान् मैत्रावरुणि की आज्ञा। मुझे तो प्रजारंजन-धर्म का पालन करते हुए स्नेह, दया, सौख्य और यदि आवश्यक हो तो जानकी का भी परित्याग करते हुए, तनिक भी व्यथा न होगी।

सीता : अतएव आर्यपुत्र रघुवंश-शिरोमणि हैं।

राम : है यहाँ कोई? जाओ, अष्टावक्र जी को विश्राम कराओ।

[लक्ष्मण का प्रवेश]

अष्टावक्र : *(उठ कर और घूम कर)* अरे, कुमार लक्ष्मण आ गए।

[अष्टावक्र जाते हैं।]

लक्ष्मण : जय हो महाराज की। चित्रकार अर्जुन ने हमारे वर्णन-अनुसार आपके चरित्र को इस वीथि पर चित्रित किया है। आप इसे देखिए।

राम : वत्स, तुम देवी के दुःखित मन का विनोद करना जानते हो। अच्छा तो यह चित्र कहाँ तक की घटनाओं को चित्रित करता है?

लक्ष्मण : आर्या की अग्नि-शुद्धि तक।

राम : पाप शान्त हो! *(सान्त्वना-वचनों के साथ)* जन्म से परिपूत इस देवी की अन्य शुद्धि कैसी? तीर्थ का जल तथा अग्नि किसी अन्य से शुद्धि की अपेक्षा नहीं करते। हे देवि! यज्ञ-पुत्री! यह लोकापवाद तुम्हारे जीवनपर्यन्त रहेगा। राजा को प्रजारंजन करना ही होता है। जो तुम्हारे सम्बन्ध में अभी लक्ष्मण ने अग्नि-शुद्धि की चर्चा की है, तुम सर्वथा इसके योग्य न थीं। सुगन्धित पुष्प की स्वाभाविक स्थिति मस्तक पर होती है, न कि चरणों से उसका रोंदा जाना उचित होता है।

सीता : जाने दो इन बातों को आर्यपुत्र! आओ, देखें इस चित्र में तुम्हारे चरित्र को।

लक्ष्मण : यह है वह चित्र।

सीता : *(देख कर)* ये क्या हैं—जो ऊपर निरन्तर खड़े हुए आर्यपुत्र की स्तुति कर रहे हैं।

लक्ष्मण : देवि, ये वे रहस्यपूर्ण जृम्भकास्त्र हैं, जो भृशाश्व मुनि से विश्वामित्र को प्राप्त हुए और जिन्हें ताड़का-वध के समय विश्वामित्र ने आर्य को प्रसाद रूप में प्रदान किया।

राम : देवि, इनकी वंदना करो। ये दिव्य अस्त्र हैं। ये वे अस्त्र हैं जिनका साक्षात्कार ब्रह्मा आदि प्राचीन गुरुओं ने सहस्त्रों वर्षों की घोर तपस्या के बाद, अपने ही तपोमय तेज-रूप में किया।

सीता : इन्हें नमस्कार है।

राम : ये दिव्यास्त्र अब तुम्हारी सन्तति में संक्रान्त होंगे।

सीता : मैं अनुगृहीत हुई।

लक्ष्मण : यह मिथिला का वृत्तान्त है।

सीता : अरे, यह आर्यपुत्र का कैसा सुन्दर चित्र है? कैसा यह शिखाभूषित भोलाभाला मुखमण्डल है? खिलते हुए कमल की कान्ति वाले इस मुखमण्डल को मेरे पिता किस प्रकार निश्चल दृष्टि से देख रहे हैं। यह देखो, शिव जी का धनुष पड़ा है, जिसे आर्यपुत्र ने खेल-खेल में दो टुकड़े कर दिया है।

लक्ष्मण : देवि, इधर देखो। तुम्हारे पिता महाराज दशरथ तथा अन्य सम्बन्धियों की अर्चना कर रहे हैं। इधर, जनकों के पुरोहित गौतम शतानन्द वसिष्ठ की पूजा कर रहे हैं।

राम : यह सम्बन्ध कैसा सुन्दर हुआ। जनकों और रघुओं का यह सम्बन्ध किसको प्रिय न होगा, जिसमें कन्यादान करने वाले तथा कन्याग्रहण करने वाले स्वयं भगवान् विश्वामित्र थे।

सीता : ये हैं आप चारों भाई; उस समय गोदान-मंगल करने के बाद यहाँ

खड़े हुए। आप सब विवाह-दीक्षित हो चुके हैं। यह मैं उसी स्थान पर खड़ी हूँ; हाँ, उसी काल में वर्तमान हूँ।

राम : यह वही समय है, जब हे सुमुखि! गौतम से अर्पित किया हुआ तेरा हाथ मुझे आनन्द-विभोर करता था। यह तुम्हारा सुन्दर वलयों से अलंकृत हाथ, मेरे लिए मूर्तिमान महोत्सव का हेतु बना था।

लक्ष्मण : यह आप हैं। यह आर्या माण्डवी है और यह श्रुतकीर्ति।

सीता : वत्स, और यह चौथी कौन है?

लक्ष्मण : *(लज्जा और मुस्कुराहट के साथ, एक तरफ हट कर)* अरे आर्या उर्मिला को पूछ रही हैं। अच्छा, दूसरी तरफ इन्हें ले जाता हूँ। *(प्रकट रूप से)* आर्ये, आपने यह दृश्य तो देखा नहीं। यह भगवान् परशुराम।

सीता : *(काँप कर)* मुझे इनसे डर लगता है।

राम : ऋषिवर, नमस्कार है।

लक्ष्मण : आर्ये, यह देखो। यह आर्य ने...*(इस तरह आधा कहने पर)*

राम : *(रोकते हुए)* अरे, अभी बहुत कुछ देखना है। कोई अन्य दृश्य दिखाओ।

सीता : *(स्नेह तथा सम्मान सहित देख करके)* आर्यपुत्र, इस विनय-गौरव से तुम कैसे शोभा देते हो।

लक्ष्मण : ये हम अयोध्या पहुँच गए।

राम : *(आँखों में आँसू भर कर)* हाँ, स्मरण है, सब स्मरण है। वे दिन अब बीत गए, जब पूज्यपाद पिता जी जीवित थे, जब हमारा नया-नया पाणिग्रहण हुआ था और जब माताएँ प्रेमवश हमारा निरन्तर चिन्तन किया करती थीं। तब यह जानकी भी विरले एवं मनोहर दन्तांकुरों से आलोकित, शिशुसुभग, मुग्ध मुखमण्डल को धारण करती हुई अपने मधुर, मृदुल एवं लावण्यमय अंगों द्वारा मेरे अंगों में कौतूहल उत्पन्न करती थी।

लक्ष्मण : यह मन्थरा का वृत्तान्त है।

राम : *(जल्दी से दूसरी तरफ ध्यान खीचते हुए)* देवि, वैदेही, देखो यह वह शृंगवेरपुर में इंगुदी का वृक्ष है, जहाँ अपने प्रिय मित्र निषाद-पति गुह के साथ हमारी सर्वप्रथम भेंट हुई थी।

लक्ष्मण : *(हँस कर–दिल में)* अरे, आर्य ने मध्यमाम्बा कैकेयी के वृत्तान्त को इस तरह टाल दिया!

सीता : यह वह स्थान है, जहाँ आर्यपुत्र ने जटाबन्धन किया था।

लक्ष्मण : जिस वानप्रस्थ-धर्म का पालन इक्ष्वाकु-वंश के राजाओं ने वृद्धावस्था में पुत्रों में राज्यलक्ष्मी स्थापित कर देने के बाद किया, उस पवित्र धर्म का आचरण आर्य ने बाल्यावस्था में ही आरम्भ कर दिया।

सीता : यह स्वच्छ, पुण्य जल वाली भगवती भागीरथी है।

राम : रघुकुल देवते! तुम्हें मेरा नमस्कार है। हे भगवति गंगे! शारीरिक सन्तापों की चिन्ता न करके, घोर तपस्या द्वारा तुझे पृथ्वी पर ला कर, तेरे पुण्य जलों के स्पर्श से राजा भगीरथ ने प्रपितामहों को पुनर्जीवित किया था, जो अपने पिता सगर के अश्वमेध यज्ञ में यज्ञिय घोड़े की तलाश करते, पाताल-लोक में पहुँचे थे और क्रोधाविष्ट कपिल मुनि के प्रचण्ड तेज से भस्म कर दिए गए थे। हे माता! वह तुम अरुन्धती की तरह अपनी पुत्रवधू सीता में सदा कल्याण-चिन्तन करने वाली बनो।

लक्ष्मण : यह वह चित्रकूट की तरफ जाने वाले मार्ग पर यमुना-तट-स्थित श्याम नाम वाला वट वृक्ष है, जिसे भारद्वाज मुनि ने हमें बतलाया था।

[राम स्पृहा के साथ उसे देखते हैं।]

सीता : आर्यपुत्र, इस प्रदेश को स्मरण करते हैं?

राम : प्रिये! मैं इसे कैसे भूल सकता हूँ। यह वही तो स्थान है जहाँ मार्ग पर चलने के परिश्रम से अलसाए हुए सुन्दर, मुग्ध एवं मसली हुई मृणाली के समान अपने दुर्बल अंगों को मेरी छाती पर रख कर तुम सो गई थीं और जिन अंगों को मैं दृढ़ आलिंगन द्वारा बहुत देर तक दबाता रहा था।

लक्ष्मण : यह है विन्ध्याचल के जंगल में विराध राक्षस की घटना।

सीता : रहने दो इसे। यह देखो आर्यपुत्र अपने हाथ में तालपत्र को आतपत्र की तरह पकड़े हुए इस बीहड़ दण्डकारण्य में चले जा रहे हैं।

राम : ये देखो, पर्वत की नदियों के तट पर रमणीय तपोवन हैं, जिनमें वृक्षों के नीचे तपस्वी लोग तपस्या कर रहे हैं। तपोवनों में इन कुटियों को देखो, जिनमें अतिथि-सेवा में तत्पर, ये गृहस्थी मुट्ठी भर अन्न पका कर संयमपूर्वक निवास कर रहे हैं।

लक्ष्मण : यह पंचवटी के बीच में खड़ा प्रस्त्रवण नाम का पर्वत है। इसमें गोदावरी नदी के दोनों तरफ घने वृक्षों का जंगल अपनी स्निग्ध नीलिमा से चित्त को कैसा आकर्षित कर रहा है? निरन्तर बरसते हुए बादलों से अधिक श्याम होती हुई यह नीलिमा आँखों को कैसी प्यारी लग रही है।

राम : हे सुन्दरि! तुम उन दिनों को स्मरण करती हो, जब इस प्रस्त्रवण पर्वत पर लक्ष्मण द्वारा सेवा-सुश्रूषा किए हुए हम दोनों सुख से निवास करते थे? तुम इस सरस जल वाली गोदावरी नदी को स्मरण करती हो, जिसके किनारे पर हम दोनों लोटा करते थे? याद है न, हम यहाँ परस्पर आलिंगन करके, गाल से गाल सटा कर भुजाओं द्वारा

दृढ़ता से एक-दूसरे को आलिष्ट करके निरन्तर धीमे-धीमे कुछ बातें करते रहते थे और इस तरह सारी रात बीत जाती थी और पता तक न लगता था।

लक्ष्मण : यह पंचवटी में शूर्पणखा का वृत्तान्त है।

सीता : हाँ आर्यपुत्र! बस यहीं तक तुम्हारा दर्शन हुआ।

राम : अरी वियोग से डरने वाली! यह तो चित्र है।

सीता : जैसा भी हो—दुर्जन का स्मरण भी दुःखदायी होता है।

राम : यह पंचवटी का वृत्तान्त वर्तमान में घटित हुआ-सा प्रतीत होता है।

लक्ष्मण : इसके बाद पापी राक्षसों ने सुवर्ण मृग के छद्म द्वारा जो घोर कार्य किया वह आज धुल जाने के बाद भी हृदय को पीड़ित करता है। तब इस निर्जन पंचवटी में आर्य ने हतचेतन होकर जो करुण क्रन्दन किया उससे पत्थर भी पिघल गए और वज्र भी विदीर्ण हो गए।

सीता : *(आँसू बहाते हुए—दिल में)* हाय, रविकुल-नन्दन आर्य, मेरे कारण इतने दुःखी हुए!

लक्ष्मण : *(राम को देख कर स्पर्श करते हुए)* आर्य, यह क्या? यह तुम्हारे आँसू, टूटे हुए हार के मोतियों के समान जर्जर कण होकर, धाराओं में बहते हुए पृथ्वी पर गिर रहे हैं! तुम्हारे विक्षुब्ध हृदय का आवेग, फड़कते हुए होंठों तथा नासिका पुटों से दूसरों को स्पष्ट प्रत्यक्ष हो रहा है, यद्यपि तुम उस पर विजय प्राप्त करने का यत्न कर रहे हो।

राम : वत्स लक्ष्मण, ठीक है। उस समय सीता के वियोग से उत्पन्न हुई जो तीव्र दुःखाग्नि मैंने प्रतिकार की भावना से सहन कर ली थी, वही आज फिर मन में प्रदीप्त होती हुई हृदय में मर्म व्रण के समान असह्य पीड़ा को पैदा कर रही है।

सीता : हाय धिक्कार! मैं भी किसी असह्य अन्तर्वेदना के कारण अपने को आर्यपुत्र से वियुक्त हुआ अनुभव कर रही हूँ।

लक्ष्मण : *(दिल में)* अच्छा, इन्हें दूसरी तरफ ले चलता हूँ। *(चित्र दिखाते हुए प्रकट रूप से)* यह तातोपम वयोवृद्ध जटायु के पराक्रम का अद्भुत दृश्य है।

सीता : हा तात! तुमने इस तरह अपने सन्तान-प्रेम को निबाहा!

राम : हा तात! कश्यप-पुत्र पक्षिराज! तुम्हारे सदृश तीर्थभूत महान् साधु का जन्म फिर कहाँ होगा?

लक्ष्मण : यह है वह पंचवटी के पश्चिम की तरफ कुंजवान् नाम का पर्वत, जिस पर यह दण्डकारण्य है, जहाँ कबन्ध राक्षस निवास करता था। इसी के किनारे पर मतंग ऋषि का आश्रम है जिसमें श्रमणी नाम की तपस्विनी शबरी रहती थी। और यह है पम्पासरोवर—कमलों से भरा हुआ।

सीता : यहीं पर आर्यपुत्र ने अपना सहज धैर्य तोड़ कर मुक्त कण्ठ से रुदन किया था।

राम : देवि! यह कैसा रमणीय सरोवर है। मैंने इसे आँसुओं के गिरने तथा निकलने के अन्तराल समय में सतृष्ण दृष्टि से देखा था। यहाँ कूजते हुए कलहंसों के पँखों से हिलाए जाते हुए कमल-पत्रों के मृणाल-दण्ड तथा कमल-पुष्प किस तरह प्यारे लगते थे।

लक्ष्मण : यह आर्य हनुमान हैं।

सीता : यह वही महानुभाव पवन-पुत्र है न, जिसने समस्त जीवलोक के उद्धार तथा उपकार का गुरु-व्रत धारण किया हुआ है?

राम : हाँ, यह वही महाभाग, महाबाहु, अंजना माता का सुपुत्र है जिसके पराक्रम तथा बल से हम लोग ही नहीं, त्रिभुवन कृतार्थ हुआ है।

सीता : यह कौन-सा पर्वत है, जिसके कुसुमित कदम्ब वृक्षों पर मयूर नृत्य कर रहे हैं और जहाँ एक तरुतल में तुम्हारा यह चित्र है, जिसमें तुम रोते हुए, मूर्च्छा प्राप्त आर्यपुत्र का अवलम्बन कर रहे हो? हाय, मेरे वियोग में आर्यपुत्र की ऐसी अवस्था हो गई थी—चेहरे पर अवशिष्ट अनुभाव, सौभाग्य एवं सौन्दर्य की यह आभा कैसी पीड़ा उत्पन्न कर रही है?

लक्ष्मण : यह वही ककुभ वृक्षों से सुगन्धित माल्यवान् नाम का पर्वत है, जिसके शिखर पर नीला, स्निग्ध बादल अपनी नूतन छटा में दिखाई दे रहा है। आर्य ने इसी पर्वत पर...

राम : बस-बस। इससे परे मैं नहीं सुन सकता। मुझे सीता का वियोग फिर से लौटा हुआ अनुभव हो रहा है।

लक्ष्मण : इसके बाद आपकी तथा वानरों की वीरता के अनेक आश्चर्यकारी, एक-दूसरे से बढ़ कर किए गए कार्यों के अद्भुत दृश्य हैं, जिनमें राक्षसों का वध किया जा रहा है।...परन्तु अब आर्या थक चुकी हैं। मैं प्रार्थना करता हूँ कि अब आप विश्राम करें।

सीता : आर्यपुत्र, इस चित्र के देखने से मेरे हृदय में एक दोहद उत्पन्न हुआ है—यदि आज्ञा हो तो कह दूँ।

राम : अवश्य कहो।

सीता : इच्छा हो रही है कि एक बार फिर रमणीय वनराजियों में भ्रमण करके, भगवती भागीरथी के पवित्र, निर्मल, शीतल जल में स्नान करूँ।

राम : वत्स लक्ष्मण।

लक्ष्मण : यह उपस्थित हूँ। क्या आज्ञा है, महाराज!

राम : वत्स, अभी गुरुओं ने सन्देश भेजा है कि ''देवी का जो भी दोहद उत्पन्न हो, उसे शीघ्र पूरा करना चाहिए'' तो अभी रथ ले कर आओ।

सीता : आप भी मेरे साथ चलेंगे न?

राम : अति कठोर हृदये! ऐसा कहने की भी आवश्यकता थी?

सीता : तो मेरा प्रिय मनोरथ पूरा हुआ।

लक्ष्मण : जैसे आर्य आज्ञा देते हैं। *(निकल जाता है।)*

राम : प्रिये, इस खिड़की के पास हवा में बैठो।

सीता : मुझे तो थकावट के कारण नींद सता रही है।

राम : तो उठो, विश्राम-गृह की तरफ चलें। सहारे के लिए, अपनी बाहु को मेरे गले में डाल दो। तुम्हारी बाहु कितनी प्यारी है, मुझे यह नया जीवन प्रदान कर रही है। चन्द्रमा की किरणों से चुम्बित हारमणियों की छटा इस बाहु पर कैसी सुन्दर लग रही है! अरे, इस पर तो भय तथा परिश्रम के कारण स्वेद के बिन्दु दिखाई दे रहे हैं। *(सीता की बाहु अपने गले में डालता हुआ)* प्रिये! यह क्या है? निश्चय नहीं हो पाता कि यह सुख है या दुःख, मोह है अथवा निद्रा, विष-संचार है अथवा मद का आवेग? तुम्हारे अंग-स्पर्श से ही मेरी इन्द्रियाँ निश्चेतन-सी हो रही हैं—कोई अवर्णनीय चित्त-विकार मेरी चेतनता को भ्रान्त और मूढ़-सा बना रहा है।

सीता : आप तो धीर प्रकृति हैं, फिर ऐसा क्यों?

राम : हे कमलनयनि! तुम्हारे ये प्रिय वचन मेरे कुम्हलाए हुए जीवन-पुष्प को पुनः विकसित करने वाले हैं। ये मेरे कानों के लिए अमृत के समान हैं, मन के लिए रसायन सदृश हैं और मेरी समस्त इन्द्रियों को सम्मोहित एवं सन्तृप्त करने वाले हैं।

सीता : प्रियंवद आर्य! आओ यहाँ विश्राम करें।

राम : ऐसा भी कहना था? विवाह के समय से लेकर घर में और वन में, शैशव में और तदनन्तर फिर यौवन में, जो राम की बाहु तुम्हारी निद्रा का आधार बनी, वही मेरी बाहु, किसी अन्य स्त्री से स्पर्श न की हुई—आज भी तुम्हारे लिए तकिए का काम देगी।

सीता : *(ऊँघती हुई)* हाँ, आर्यपुत्र ऐसा ही हो। *(सो जाती है।)*

राम : अरे, किस तरह बोलते-बोलते ही प्यारी, मेरी छाती पर सो गई? *(सीता की तरफ देखते हुए)* यह मेरे घर की लक्ष्मी है। यह मेरी आँखों में अमृत-वर्ति है। इसका यह अंग-स्पर्श मेरे शरीर में चन्दन के शीतल लेप के समान है। मेरे कण्ठ में पड़ा हुआ इसका यह कोमल बाहु, मुक्ता-मणियों के निर्मल हार के सदृश है। इसकी कौन-सी वस्तु मुझे प्रिय नहीं है। केवल इसका विरह ही मुझे परम असह्य है।

[प्रवेश करके]

प्रतिहारी : देव, उपस्थित हुआ है।

राम : अरे, कौन?

प्रतिहारी : आपका अन्तरंग सेवक दुर्मुख।

राम : *(दिल में)* अच्छा वही अन्तरंग कार्यों में नियुक्त दुर्मुख। इसे मैंने ग्राम तथा नगर-निवासियों के बीच गुप्तचर-रूप में भेजा था। *(प्रकट रूप से)* उसे आने दो। *(प्रतिहारी निकल जाता है।)*

[प्रवेश करके]

दुर्मुख : *(दिल में)* हाय, कैसे मैं देवी के सम्बन्ध में ऐसे अचिन्तनीय लोकापवाद का देव के सम्मुख कथन करूँगां अथवा मुझ अभागे का यह कर्तव्य ही है।

सीता : *(सपने में बड़बड़ाती है।)* आर्यपुत्र कहाँ हो?

राम : चित्र-दर्शन के कारण उत्पन्न हुई विरह-भावना ही इस अन्तर्वेदना तथा स्वप्न में बड़बड़ाने का कारण बनी है। *(स्नेह से सीता के अंगों को स्पर्श करते हुए)* यह दाम्पत्य-प्रेम भी क्या अद्भुत अनुभूति है, जो जागते-सोते सभी अवस्थाओं में, दो अभिन्न आत्माओं में सुख-दुःख का साथ देती है, जिसमें हृदय को विश्राम प्राप्त होता है। बुढ़ापा भी जिसकी सरसता का अपहरण नहीं कर सकता और समय के बीतने के साथ प्रतिबन्ध रहित हो कर जो अविरल प्रेम-प्रवाह में परिणत हो जाती है। सभी संसारवासी इस अनिर्वचनीय ब्रह्मानन्द-सहोदर दाम्पत्य-स्नेह की कामना करते हैं।

दुर्मुख : *(समीप जाकर)* जय हो महाराज की!

राम : बतलाओ, जो कुछ देखा व सुना है।

दुर्मुख : ग्राम तथा नगर-निवासी, सब आपकी स्तुति करते हैं और कहते हैं कि आपके गुणों के कारण, हम महाराज दशरथ को भी भूल गए हैं।

राम : यह तो निरर्थक प्रशंसा हुई। वे लोग मेरे में किसी दोष का भी निर्देश करते हैं जिसका प्रतिकार किया जाए?

दुर्मुख : *(आँसुओं के साथ)* सुनिए महाराज, *(कान में)* इस तरह से।

राम : आह, यह तो अति तीव्र वज्र-प्रहार है! *(मूर्च्छित हो जाता है।)*

दुर्मुख : महाराज आश्वासन कीजिए।

राम : *(आश्वस्त होकर)* हाय, धिक्कार है! वैदेही का परगृह-निवास का जो कलंक उन अद्भूत उपायों से शान्त किया गया था, वह आज फिर दैवदुर्विपाक से कुत्ते के विष के समान चारों तरफ फैल गया है। तो, अब मैं अभागा क्या करूँ। *(सोच कर—करुणा के साथ)* अथवा यह क्या है! श्रेष्ठ राजाओं का धर्म तो सब तरह प्रजारंजन करना

है। पूज्य पिता जी ने, मुझे और अपने प्राणों का परित्याग करते हुए, इसी धर्म का पालन किया। भगवान् वसिष्ठ जी ने भी तो ऐसा ही सन्देश अभी भेजा था।

हाय! लोक-श्रेष्ठ सूर्यवंशी राजाओं ने जिस निष्कलंक शुद्ध राजचरित्र को आज तक प्रदीप्त रखा, उसी चरित्र के सम्बन्ध में, मेरे कारण, यदि लोगों में ऐसी दूषित भावनाएँ जागृत हो गई हों, तो मुझ भाग्यहीन को धिक्कार है!

हा देवि यज्ञ-पुत्रि! हा अपने जन्म से पृथ्वी को पवित्र करने वाली! हा जनक-नन्दिनी! हा, अग्नि, वसिष्ठ, अरुन्धती द्वारा प्रशस्त चरित्र वाली! हा राम की प्राण! मेरे अरण्यवास की प्रिय सखि! तात-प्रिये! अल्पभाषी! कैसे तुम्हारा, इस प्रकार का भीषण परिणाम होना था! तेरे कारण यह समस्त विश्व पुण्यमय है और तेरे सम्बन्ध में लोगों की ऐसी अपुण्य उक्तियाँ? तेरे कारण तीनों लोक सनाथ हैं और तू स्वयं अनाथ हो कर नष्ट हो जाएगी? *(दुर्मुख के प्रति)* जाओ, लक्ष्मण को कहो—यह नया राजा राम इस तरह आज्ञा देता है *(कान में)* इस तरह।

दुर्मुख : हाय, अग्नि से परिशुद्ध देवी के बारे में महाराज ने एक दुर्जन के वचनमात्र से ऐसा घोर निश्चय किया है! भगवती के गर्भ में तो रघुकुल की पवित्र सन्तति का आधान हुआ है।

राम : पाप शान्त हो! पाप शान्त हो! प्रजा के लोग अत्यन्त दुर्जन हैं। वह इक्ष्वाकु-वंश जो संसार में आज तक परम विशुद्ध माना जाता था, अब दुर्भाग्य से निन्दा का पात्र बन रहा है। वह जो अग्नि-शुद्धि का अद्भुत कार्य देवी के लिए किया गया, उस पर कौन विश्वास करे, जब कि वह सुदूर स्थान पर हुआ।
तो जाओ।

दुर्मुख : हा देवि! *(निकल जाता है।)*

राम : धिक्कार है मुझे! मैं कैसा नृशंस तथा बीभत्सकर्मा हो गया हूँ। मैंने जिस प्रिया को शैशव से पाला-पोसा था। और जिसे स्नेहवश अपने से कभी पृथक् नहीं किया था उसे ही आज मैं कपट से मृत्यु के मुख में डाल रहा हूँ, जैसे कोई बधिक घर की मैना को सूना गृह में भेज रहा हो।

तो क्या मैं पापी, अस्पृश्य अपने स्पर्श से इस देवी को दूषित कर रहा हूँ? *(सीता का सिर उठा कर अपनी बाहु खींच लेता है।)* अयि मुग्धे! मुझ जघन्य कर्म करने वाले, चाण्डाल को छोड़ो। तुम चन्दन की भ्रान्ति से ज़हरीले फलों वाले विषवृक्ष का आश्रय कर रही हो।

(उठ कर) हाय! मेरे लिए आज संसार नरक बन गया है, आज राम के जीवन का प्रयोजन समाप्त हो गया है। अब यह लोक मेरे लिए निर्जन वन के समान हो गया है। संसार असार है। यह मेरा शरीर काष्ठप्राय हो रहा है। मैं शरणहीन हूँ। क्या करूँ अब, क्या गति है?

दुःखों की अनुभूति करने के लिए ही, राम में चेतनता लौट आई है। मेरे प्राण, मर्मभेदी वज्रकीलों के समान हृदय में गड़ गए हैं और निकलते भी नहीं।

हाँ माता अरुन्धति! भगवान वसिष्ठ! राजर्षि विश्वामित्र! जगत्पावक पावक! हे देवि वसुन्धरा! हा पिता जनक! हा माता कौशल्या! हा प्रिये मित्र महाराज सुग्रीव! सौम्य हनुमान! महोपकारी लंकाधिपति विभीषण! हा सखि त्रिजटा! तुम सब मुझ पातकी राम द्वारा ठगे गए हो, धोखा दिए गए हो! मुझ दुरात्मा कृतघ्न द्वारा नाम ग्रहण किए जाने पर भी, आप महात्मा लोग पाप से दूषित हो जाते हो।

मैं वह पातकी हूँ, जो अपनी छाती पर गिर कर निःशंक सोई हुई गृहलक्ष्मीभूत प्रिय पत्नी को हिंसक प्राणियों के मुख में बलि बना कर देने लगा हूँ; उस अपनी प्रिय पत्नी को जो पूर्ण गर्भ के कारण, इस समय, दुःसह वेदना की अवस्था में है। *(सीता के दोनों पैरों को अपने मस्तक से लगा कर)* यह तुम्हारा राम के सिर पर अन्तिम चरण-स्पर्श है। *(रोता है।)*

[नेपथ्य में]

ब्राह्मणों पर घोर अत्याचार! ब्राह्मणों पर घोर अत्याचार!

राम : देखो, यह क्या बात है?

[फिर नेपथ्य में]

यमुना-तीर पर निवास करने वाले, उग्र तपस्या में रत ऋषियों का समुदाय-लवण राक्षस से पीड़ित हुआ—रक्षा के लिए आपके पास उपस्थित हुआ है।

राम : क्या आज भी राक्षसों से भय बाकी है? तो अभी मधुरा के इस दुरात्मा, कुम्भीनसी के पुत्र, राक्षस को समूल नष्ट करने के लिए शत्रुघ्न को भेजता हूँ। *(घूमकर और फिर लौट कर)* हा देवि! क्या तुम इसी गर्भिणी अवस्था में चली जाओगी? भगवति वसुन्धरा! अपनी निर्दोष पुत्री जानकी को देखो। यह जनकों और रघुओं के कुल की समूची मंगल-विभूति है—इस पुण्यमयी विभूति को, हे परमपावन, देववन्दित जननि! तुमने स्वयं जन्म दिया।

[इस तरह रोता हुआ चला जाता है।]

सीता : हा सौम्य आर्यपुत्र, कहाँ हो! *(एकदम उठ कर)* हाय धिक्कार, मैं दुःस्वप्न की प्रतारणा में पड़ी रही। आर्यपुत्र मेरे पास नहीं हैं। हाय धिक्कार, अकेली यहाँ सोई हुइ छोड़ कर नाथ कहीं चले गए हैं? अच्छा उन पर क्रोध करूँगी, यदि उन्हें देख कर क्रोध कर सकी। है कोई यहाँ?

[प्रवेश करके]

दुर्मुख : कुमार लक्ष्मण कहते हैं कि "रथ तैयार है, आप आ कर उस पर बैठिए।"

सीता : अभी आती हूँ *(उठ कर और घूम कर)* मेरा गर्भ-भार हिल रहा है। धीरे से चलती हूँ।

दुर्मुख : इधर से आइए आप।

सीता : रघुकुल देवताओं को नमस्कार हो।

[सब चले जाते हैं।]

[प्रथम अंक समाप्त]

द्वितीय अंक

[नेपथ्य में]

तपस्विनी का स्वागत हो!

[तब यात्री के वेष में तपस्विनी प्रवेश करती है।]

तपस्विनी : अरे, यह तो साक्षात् वनदेवी चली आ रही है? पत्र-पुष्प-फलों के अर्ध्य के साथ मेरे पास ही उपस्थित हो रही है?

[प्रवेश करके]

वनदेवी : *(अर्ध्य प्रस्तुत करके)* अतिथि का स्वागत हो। मेरे वन की समस्त सामग्री आपके यथेच्छ भोगने के लिए प्रस्तुत है। मेरे अहोभाग्य हैं। इस शुभ दिन, मेरे पुण्यों के कारण आपका यहाँ समागम हुआ है। यह वृक्ष की छाया है, यह जल है, यह तपस्वीयोग्य कन्द-मूल-फल का भोजन है। स्वेच्छापूर्वक आप सेवन कर सकती हैं।

तपस्विनी : इस सम्बन्ध में क्या कहा जाए। मेरा भी सौभाग्य है कि आप सदृश साध्वी से साक्षात्कार हुआ है। साधुओं के निष्कलंक एवं विशुद्ध चरित्र का समुत्कर्ष वर्णनातीत है। उनकी मधुर प्रकृति, विनयपूर्ण वाणी का संयम, सहज कल्याणी बुद्धि, अनिन्दित परिचय, प्रत्यक्ष और परोक्ष में एक रस स्नेह—ये सभी गुण हृदय जीतने वाले होते हैं।

[दोनों बैठ जाती हैं।]

वनदेवी : क्या मैं अतिथि का नाम जान सकती हूँ?

तपस्विनी : मेरा नाम आत्रेयी है।

वनदेवी : आर्ये आत्रेयि! आपका इधर कैसे आना हुआ? किस प्रयोजन से आप दण्डकारण्य में पधारी हैं।

आत्रेयी : इस प्रदेश में अगस्त्य आदि अनेक वेदान्त-वेत्ता ब्रह्मर्षिगण निवास करते हैं। उन्हीं से वेदान्त-विद्या ग्रहण करने के लिए मैं वाल्मीकि ऋषि के आश्रम से यहाँ पहुँची हूँ।

वनदेवी : जब अन्य सब मुनि लोग वेद-परायण के लिए उसी ब्रह्मवेत्ता, पुराणगुरु प्राचेतस ऋषि के पास जाते हैं, तो आपका उन्हें छोड़ कर इधर आने का क्या कारण है?

आत्रेयी : वहाँ विद्याध्ययन में महान् विघ्न उपस्थित हो गया है, इसलिए उस आश्रम को छोड़ कर इधर आना पड़ा है।

वनदेवी : विघ्न कैसा?

आत्रेयी : उस भगवान् वाल्मीकि को किसी देवता द्वारा दो बच्चे प्राप्त हुए थे, जो दुधमुँही अवस्था में थे और सब प्रकार से अद्भुत थे। वे दोनों बच्चे न केवल उस महर्षि के, अपितु पशु-पक्षियों के हृदयों को भी अपने स्नेहपाश में बाँध लेते थे।

वनदेवी : उनका नामकरण हुआ या नहीं?

आत्रेयी : उसी देवता ने उन दोनों का नाम कुश-लव रखा और उनके अद्भुत प्रभाव को भी घोषित किया।

वनदेवी : वह कैसा प्रभाव था?

आत्रेयी : उन दोनों को रहस्यपूर्ण जृम्भकास्त्र जन्मसिद्ध-रूप में प्राप्त हुए।

वनदेवी : यह तो सचमुच आश्चर्य की बात है।

आत्रेयी : उन दोनों बच्चों का वाल्मीकि मुनि ने माता के सदृश पालन-पोषण किया। चौलकर्म के उपरान्त उन दोनों बालकों को वेदों के अतिरिक्त अन्य तीनों आन्वीक्षिकी-वार्ता-दण्डनीति-विद्याओं का अभ्यास कराया गया। तदनन्तर गर्भ से ग्यारह वर्ष के बाद क्षत्रियोचित विधि के अनुसार गुरु ने उनका उपनयन-संस्कार किया और उन्हें वेदों का अध्ययन भी करा दिया। इन अति तेजस्वी एवं कुशाग्र बुद्धि छात्रों के साथ हम जैसी मन्दमतियों का पढ़ना अब नहीं हो सकता। क्योंकि, गुरु समान रूप से प्राज्ञ तथा जड़ में विद्या का वितरण करता है। वह उन दोनों की ज्ञान-शक्ति को न बढ़ाता है, न घटाता है। फिर भी परिणाम में बड़ा अन्तर पड़ जाता है। स्वच्छ मणि जिस प्रकार प्रतिबिम्ब के ग्रहण में समर्थ होती है वैसी मिट्टी आदि नहीं।

वनदेवी : तो यह है आपके अध्ययन में विघ्न!

आत्रेयी : और भी है।

वनदेवी : दूसरा कौन-सा विघ्न है?

आत्रेयी : एक दिन एक ब्रह्मर्षि मध्याह्न में स्नान करने के लिए तमसा नदी पर गए। वहाँ उन्होंने मिलकर विहार करते हुए कौंचों के जोड़े में से एक को शिकारी द्वारा मारा जाता हुआ देखा। उस समय सहसा उनके मुख से अनुष्ठुभ् छन्द में सरस्वती का इस तरह आविर्भाव हुआ—

नहीं निषाद प्रतिष्ठा को
जाओ समय शाश्वत।
क्रौंच मिथुन में एक जो
मारा काम मोहित॥

वनदेवी : विचित्र ही यह शास्त्रों से अन्यत्र छन्द का नवीन अवतार हुआ है।

आत्रेयी : उसी समय भूतभावन भगवान् का आविर्भाव हुआ और वे शब्दब्रह्म के साक्षात्कर्ता प्राचेतस के समीप जा कर बोले—"महर्षिवर! तुम्हें वाग्ब्रह्म का प्रादुर्भाव हुआ है। तुम रामचरित का व्याख्यान करो। तुम्हें अव्याहत ज्योति, आर्ष चक्षु प्राप्त हुई है। तुम आदि कवि हो।" इतना कहकर भगवान् अन्तर्हित हो गए। तब महर्षि प्राचेतस ने मनुष्यों में सर्वप्रथम शब्दब्रह्म के अवतारभूत रामायण का प्रणयन किया।

वनदेवी : इस अनुपम कृति से संसार महामहिमामय हो गया।

आत्रेयी : इसीलिए कहती हूँ कि वहाँ विद्याध्ययन में महान विघ्न उपस्थित हो गया है।

वनदेवी : ठीक है।

आत्रेयी : अब मैं विश्राम कर चुकी हूँ। बहिन, मुझे अगस्त्य मुनि के आश्रम का मार्ग तो बतलाओ।

वनदेवी : इधर पंचवटी में प्रवेश करके इस गोदावरी के तट से चली जाओ।

आत्रेयी : *(आँसू बहाते हुए)* यह तपोवन है? क्या यह पंचवटी है? यह गोदावरी नदी है? यह प्रस्त्रवण पर्वत है? क्या तुम पंचवटी की वनदेवी वासन्ती हो?

वनदेवी : हाँ, यह सब ऐसा ही है।

आत्रेयी : हा प्रिये जानकी! यही तुम्हारे हाथों से बढ़ाए हुए प्यारे वृक्ष हैं, जिनका प्रसंगवश तुम कथन किया करती थीं। आज तुम्हारी स्मृतिमात्र अवशिष्ट रह जाने पर, ये दिखाई देते हुए वृक्ष तुम्हारा प्रत्यक्ष दर्शन करा रहे हैं।

वासन्ती : *(भय के साथ दिल में)* 'स्मृति अवशिष्ट' इसका क्या अभिप्राय? *(प्रकट रूप में)* आर्ये! सीता देवी का क्या अमंगल हुआ है?

आत्रेयी : केवल अमंगल ही नहीं, लोकापवाद भी *(कान में)* इस तरह।

वासन्ती : हाय, यह तो भाग्य का दारुण प्रहार है! *(मूर्च्छित हो जाती है।)*

आत्रेयी : बहिन, आश्वासन करो, आश्वासन करो।

वासन्ती : हाय प्रिय सखि! तुम्हारे जीवन का यही परिणाम होना था! हाय राम, परन्तु अब तुम्हारे सम्बोधन से क्या! आर्ये आत्रेयी! उस जंगल में छोड़ जाने के बाद लक्ष्मण के लौट जाने पर, सीता का क्या हुआ—है कोई, इस सम्बन्ध में समाचार?

आत्रेयी : नहीं, नहीं

वासन्ती : हाय कष्ट! आर्या अरुन्धती, भगवान् वसिष्ठ एवं वृद्धा रानियों के जीते हुए रघुकुल में ऐसा नृशंस वृत्त किस तरह घटित हुआ।

आत्रेयी : तब सब गुरुजन ऋष्यशृंग के यज्ञ में गए हुए थे। द्वादश वर्षीय यज्ञ

अब समाप्त हुआ है। ऋष्यशृंग ने सत्कार सहित गुरुजनों को विदा किया। तब भगवती अरुन्धती ने कहा–"मैं बहू से रहित अयोध्या में नहीं जाऊँगी।" राम की माताओं ने इसका अनुमोदन किया। उनके अनुरोध से महर्षि वसिष्ठ जी ने निश्चय किया कि सब वाल्मीकि जी के आश्रम में जा कर निवास करें।

वासन्ती : अब रामभद्र का कैसा हाल है?

आत्रेयी : उस राजा ने राजक्रतु अश्वमेध का आरम्भ किया है।

वासन्ती : अहह, धिक्कार! क्या उसने पुनर्विवाह भी कर लिया है?

आत्रेयी : पाप शान्त! ऐसा नहीं।

वासन्ती : तो फिर यज्ञ में उसकी सहधर्मचारिणी कौन बनी?

आत्रेयी : श्री राम ने सीता की सुवर्ण प्रतिमा को धर्म पत्नी बनाया।

वासन्ती : लोकोत्तर पुरुषों के चरित्र अद्‌भुत होते हैं। उनके चित्तों को कौन जान सकता है, जो कभी तो वज्र के समान कठोर होते हैं और कभी फूल से भी कोमल हो जाते हैं।

आत्रेयी : महाराज ने वामदेव मुनि द्वारा दीक्षित यज्ञिय अश्व भी छोड़ दिया है। शास्त्र-विधि अनुसार उसके रक्षक साथ भेज दिए गए हैं। उन रक्षकों के अधिष्ठाता-रूप में लक्ष्मण के पुत्र चन्द्रकेतु को भी चतुरंगिणी सेना सहित तथा दिव्यास्त्र सहित भेज दिया गया है।

वासन्ती : *(हर्ष तथा कौतुक के आँसुओं के साथ)* कुमार लक्ष्मण का भी पुत्र है–यह सुन कर मैं अति आनन्दित अनुभव करती हूँ।

आत्रेयी : इसी बीच में एक ब्राह्मण अपने पुत्र को ले कर राजद्वार पर पहुँचा और छाती पीट कर "ब्राह्मण पर अत्याचार हो गया!"–इस तरह चिल्लाने लगा। उस समय जब दयालु रामभद्र विचार कर रहे थे कि "राजा के दोष के बिना प्रजाओं की अकाल मृत्यु नहीं हो सकती" तब अकस्मात् अशरीरिणी वाणी उत्पन्न हुई और बोली–"शम्बूक नाम का शूद्र पृथिवी पर तपस्या कर रहा है। हे राम, तुम्हें उसका सिर काट कर, इस ब्राह्मण-पुत्र को जीवित करना होगा।" यह सुन कर जगत्पति राम हाथ में तलवार ले कर, पुष्पक विमान पर चढ़ कर सब दिशा-विदिशाओं में उस शूद्र तपस्वी को ढूँढ़ने के लिए निकल पड़े।

वासन्ती : वह धूम्रपान करने वाला शम्बूक शूद्र तो मुँह नीचा किए हुए, इसी पंचवटी में तपस्या कर रहा है। रामभद्र शायद फिर हमारे इस वन को अलंकृत करें।

आत्रेयी : बहिन, अब मैं चलती हूँ।

वासन्ती : अच्छा जाओ आत्रेयी! दिन भी बहुत चढ़ गया है। यह देखो वृक्ष

गर्मी के कारण शिथिल बन्धन वाले पुष्पों द्वारा गोदावरी की अर्चना कर रहे हैं। खुजली करते हुए हाथियों के गण्डस्थलों से रगड़े जाते हुए ये वृक्ष किस तरह काँप रहे हैं! यह देखो, छाया में बैठे हुए कौवे अपनी चोंचों से कीड़ों की त्वचाओं को काट कर किस तरह खा रहे हैं! नदी-तीर पर वृक्षों के घोंसलों में ये निदाघ-पीड़ित कबूतर, मुर्गे आदि पक्षी किस प्रकार कोलाहल कर रहे हैं!

[घूमकर दोनों चली जाती हैं।]

[दयापूर्वक तलवार हाथ में लिए हुए श्रीराम का प्रवेश]

राम : हे मेरे दाहिने हाथ! मृत ब्राह्मण-शिशु को जीवित करने के लिए इस शूद्र तपस्वी पर तलवार चलाओ। तुम उसी राम की बाहु हो, जिसने पूर्ण गर्भ से पीड़ित सीता का निर्जन वन में निर्वासन कर दिया। तुम्हें दया कहाँ?

(किसी तरह प्रहार करके) तुमने राम-सदृश काम कर ही दिया, शायद वह ब्राह्मण-पुत्र जीवित हो जाए।

[प्रवेश करके]

दिव्यपुरुष : जय हो महाराज की! यमराज से भी अभयदान देने वाले, आपके दण्ड धारण करने पर वह ब्राह्मण-शिशु पुनः जीवित हो गया है और मुझे यह ऋद्धि प्राप्त हो गई है। यह मैं शम्बूक आपके चरणों में नमस्कार करता हूँ। सत्संगति से उत्पन्न होने वाली मृत्यु भी भवसागर से पार करने वाली होती है।

राम : हमें दोनों ही प्रिय हैं। तो तुम अपने उग्र तप का फल अनुभव करो। जहाँ आनन्द और प्रमोद हैं और पुण्य विभूतियाँ सदा विद्यमान हैं—वे ज्योतिर्मय, कल्याणकारी वैराज नाम के स्वर्ग-लोक तुम्हें प्राप्त हों।

शम्बूक : स्वामिन्! आपकी कृपा की ही यह महिमा है। इसमें तपस्या का क्या फल? अथवा तपस्या का ही यह महान् उपकार है। जो तुम सर्वभूताधिपति योगियों के लिए अन्वेषण का विषय हो और संसार की एकमात्र शरण हो, वही तुम मुझ शुद्र का अन्वेषण करते हुए, सैकड़ों योजन पार करके, यहां पहुँचे हो—यह मेरे तप का ही प्रसाद है, अन्यथा अयोध्यापुरी से कहाँ तुम्हारा इस सुदूर दण्डकारण्य में आगमन होना था।

राम : क्या यह दण्डकारण्य है? *(सब तरफ देख कर)* हाय, सचमुच ये दण्डकारण्य के ही परिचित भूमि-भाग दिखाई दे रहे हैं। हाँ, वही पहले की तरह कहीं पर ये स्निग्ध और श्याम हैं और कहीं रूखे और भीषण हैं। पूर्ववत्, स्त्रोतों की झंकार से यहाँ दिशाएँ स्थान-स्थान पर मुखरित हो रही हैं। इन भूमि-भागों में ये तीर्थ, आश्रम, पर्वत, नदियाँ उपत्यका और वन पहले की तरह विराजमान हैं।

शम्बूक : यह दण्डक वन ही है। यहाँ पहले निवास करते हुए आपने युद्ध में दूषण, खर तथा त्रिमूर्धा नाम के राक्षसराजों को और उनकी चौदह हज़ार की सेना को मृत्यु का ग्रास बनाया था। जिसके कारण इस सिद्धिप्रद पुण्यक्षेत्र में मुझ जैसे जनपदवासियों को निर्भय हो कर तपस्या करने का अवसर प्राप्त हुआ।

राम : यह केवल दण्डकारण्य ही नहीं—पंचवटी भी समीपस्थ है।

शम्बूक : हाँ, यहीं दक्षिण दिशा की तरफ, जनस्थान के भी विस्तृत अरण्य-भाग हैं, जिनके विकट गिरि-गह्वरों में हिंस्र पशु विश्राम करते हैं और जाने वाले पथिकों में रोमांच पैदा करते हैं। ये देखिए, इन अरण्यों के सीमा प्रान्त—जो कहीं तो सर्वथा निस्तब्ध और शान्त हैं और कहीं प्रचण्ड पशुओं की गर्जनाओं से आपूरित हैं; कहीं स्वेच्छापूर्वक सोए हुए, विशाल फणों वाले साँप अपने फुत्कार से विषैली आग उत्पन्न कर रहे हैं और कहीं पानी सूख जाने के कारण, गुफाओं में बैठे हुए पक्षी अजगर साँपों के स्वेद द्रव को ही पी रहे हैं।

राम : मैं इस जनस्थान को देख रहा हूँ, जो पहले कभी खर राक्षसराज का निवासस्थान था। मैं उन बीते हुए वृत्तान्तों का प्रत्यक्ष रूप में अनुभव कर रहा हूँ। *(सब तरफ देखकर)* सीता को ये वन-प्रदेश बहुत प्रिय थे। परन्तु आज यह कितने भयानक दिखाई दे रहे हैं? *(आँसुओं के साथ)* यहीं प्यारी ने कहा था कि "मैं तुम्हारे साथ उन मधुर सुगन्धि वाले वनों में रहूँगी।" उसका वह अलौकिक स्नेह आज भी मुझे पाशबद्ध कर रहा है।

प्रणयी व्यक्ति कुछ न भी करता हुआ सुखों से दुःखों को तिरोहित कर देता है। जिसका जो प्रेमी जन है, वह उसका कोई अनुपम धन है।

शम्बूक : इन दुःसह स्मृतियों को छोड़िए। अब आप इन प्रशान्त एवं गम्भीर महारण्यों की तरफ दृष्टि डालिए जिनके पर्यन्त भाग नृत्योन्मत्त मयूरों के कण्ठ के सदृश कोमल छवि वाले हैं, जो घनी नीली छाया से युक्त तरुराजियों से मण्डित हैं और जहाँ हिंस्त्र पशु विश्राम कर रहे हैं। देखिए, ये मृगयूथ उन्हें देख कर भी असम्भ्रान्त भाव से विचरण कर रहे हैं।

यहाँ देखिए, कैसी सुन्दर नदियाँ बह रही हैं, जिनके शीतल-स्वच्छ जल मस्त पक्षियों से कम्पित वानीर वृक्षों के फूलों से सुगन्धित हो रहे हैं और जिनके स्त्रोत जम्बू-निकुंजों से गिरते हुए जामुन फलों के कारण शब्दायमान हो रहे हैं।

यहाँ पर गुफाओं में बैठे हुए भालुओं की थूकने की आवाज प्रतिध्वनि

के कारण द्विगुणित हो रही है। यहाँ हाथियों से लताड़ी हुई सल्लकी लताओं का शिशिर एवं कटुं गन्ध फैलता हुआ अनुभूत होता है।

राम : *(आँ ओं को रोकते हुए)* प्रिय भाई! तुम्हारे लिए देवताओं के मार्ग कल्याणकारी हों। तुम पुण्यलोक में जा कर लीन हो जाओ।

शम्बूक : मैं पुराण-ब्रह्मर्षि अगस्त्य जी का अभिवादन करके उस शाश्वत पद में प्रवेश करता हूँ। *(चला जाता है।)*

राम : आज इस वन का कैसा पुनर्दर्शन हुआ, जिसमें पहले वसन्त चिरकाल तक ठहरा रहता था। यहाँ अरण्यवासी एवं गृही लोग अपने-अपने धर्म का आचरण करते हुए रहते थे। हम भी यहाँ साँसारिक सुखों का रस ग्रहण करते हुए आनन्द से समय बिताते थे।

ये वही पर्वत हैं जहाँ मोर केकारव से उन्मत्त हो कर नृत्य करते थे। ये वही वनस्थल हैं जहाँ हरिण निर्भय हो कर विहार करते थे। ये वही नदी-तीर हैं जहाँ घने-घने नीप और निबुल के वृक्ष विराजमान थे और जहाँ मंजुल वृक्षों पर पक्षी चहचहाते थे।

यह जो समीप हो मेघमाला के समान दिखाई दे रहा है, वह प्रस्रवण नाम का पर्वत है जहाँ गोदावरी नदी बहती है।

इसी प्रस्रवण पर्वत के शिखर पर गृध्रराज जटायु का निवास था। इसकी तलहटी में हम पर्णकुटी बना कर रहते थे। इसके रमणीय वन में विहग-वृन्द कलरव किया करते थे। यहाँ गोदावरी के जल में पड़ती हुई विशाल वृक्षों की श्यामल छाया आँखों को कैसी प्यारी लगती थी!

यहीं पर वह पंचवटी थी, जहाँ हमने चिरकाल तक निवास किया था और जहाँ हमारे विविध स्नेह-प्रसंगों के साक्षी थे ये प्रदेश और प्रिया की वह प्रिय सखी, वन की देवी वासन्ती। आज राम को क्या हो रहा है? अब तो मानो कोई तीव्र विषरस चिरकाल के बाद फिर उठ कर मेरे सारे शरीर में वेग से व्याप्त हो रहा है। कोई कील का टुकड़ा कहीं से फेंका हुआ मानो मेरे मर्म-स्थलों को काट रहा है। मानो, मेरे हृदय में कोई व्रण पक कर फट गया है। पहले अनुभव किया हुआ शोक आज नूतन बन कर मुझे अत्यन्त व्याकुल कर रहा है।

आज पूर्व परिचित मित्रों के समान इन भूमि-भागों को देख रहा हूँ। *(देख कर)* अहो, पदार्थों की स्थिति में कितना परिवर्तन हो गया है? पहले जहाँ नदी का स्त्रोत बहता था वहाँ अब स्थल दिखाई दे रहा है। वृक्षों का घन-विरल भाव भी विपरीत हो गया है। बहुत समय के बाद देखने से यह वन कोई दूसरा ही वन प्रतीत होता है। केवल

पर्वतों की पूर्ववत स्थिति ही यह विश्वास दिलाती है कि यह वही स्थान है।

हाय, न चाहते हुए भी पंचवटी बलपूर्वक अपने स्नेहपाश में आकर्षित कर रही है। *(करुणा के साथ)*

जिस पंचवटी में मैंने उसके साथ वे दिन व्यतीत किए, जैसे अपने घर में; और जहाँ पंचवटी की रमणीयता की लम्बी चर्चा करते हुए हम दोनों बैठे रहते थे, अपनी प्रियतमा का नाश करके पापी राम अकेला आज उसी पंचवटी में कैसे प्रवेश कर सकता है अथवा उसका सत्कार किए बिना भी कैसे चला जा सकता है?

[प्रवेश करके]

शम्बूक : जय हो महाराज की! देव, मेरे से आपके यहाँ समीप होने को सुनकर, भगवान् अगस्त्य ने आपसे कहा है–"मेरी पत्नी लोपामुद्रा नीराजना-विधि समाप्त करके तथा अन्य सब महर्षि लोग वत्स की प्रतीक्षा कर रहे हैं। तो जल्दी आओ और अपने दर्शन देकर हमें सम्मानित करो। फिर तीव्र गति वाले पुष्पक विमान से स्वदेश लौट कर अश्वमेध यज्ञ की तैयारी करो।"

राम : जैसी भगवान् आज्ञा देते हैं।

शम्बूक : इधर आइए, इधर आइए, महाराज।

राम : *(राम पुष्पक को घुमाते हुए)* भगवती पंचवटी। गुरुजनों की आज्ञा के अनुरोध से क्षणभर के लिए जा रहा हूँ। राम का यह अतिक्रम क्षमा करना।

शम्बूक : महाराज, देखिए, वह कौंच नाम का पर्वत है। इसके गूँजते हुए कुंजों के कुटीरों पर बैठे हुए उन उलूक-पंक्तियों को देखिए, जिनके घुक्कार को सुन कर भयभीत हुए कौवे बाँस वृक्षों पर मौन हो कर बैठे हैं। इस पर्वत पर नृत्य करते हुए उन मयूरों को भी देखिए जिनके केकारव को सुन कर चन्दन वृक्षों पर लिपटे हुए साँप उद्विग्नता से कम्पित हो रहे हैं।

इधर देखिए, दक्षिण दिशा के पर्वतों को भी, जिनकी गुफाओं में से गोदावरी नदी के जल गद्गद करते हुए बह रहे हैं। पर्वतों के वे शिखर मँडराते हुए बादलों की नीलिमा से कैसे सुन्दर दिखाई दे रहे हैं। नदियों के उस रमणीय संगम पर भी दृष्टिपात कीजिए, जहाँ गम्भीर एवं पवित्र जल, परस्पर टकराती हुई लहरों के कारण कोलाहल करते हुए, ऊपर उछल रहे हैं।।

[सब चले जाते हैं।]

[द्वितीय अंक समाप्त]

तृतीय अंक

[दो नदियों का प्रवेश]

एक : सखि मुरले! संभ्रान्त-सी क्यों दिखाई देती हो?

मुरला : सखि तमसे! भगवान् अगस्त्य की पत्नी लोपामुद्रा ने मुझे गोदावरी देवी के पास यह सन्देश देने के लिए भेजा है कि "तुम जानती ही हो कि जब से श्रीराम ने सीता का परित्याग किया है तब से उनके हृदय में पुटपाक के सदृश व्यथा का ऐसा पुंज एकत्रित हो गया है कि वह बाहर अभिव्यक्त न होने के कारण अन्दर-ही-अन्दर उन्हें घुन की तरह खाए जा रहा है। वैसी अपनी प्यारी सीता के दुःख से उत्पन्न हुए शोकातिशय से अब श्रीराम इतने क्षीण तथा दुर्बल हो गए हैं कि उन्हें देख कर मेरा कोमल हृदय कम्पित हो गया है। अब रामभद्र लौटते हुए पंचवटी आएँगे और वहीं अपनी प्रिया के स्नेह के साक्षीभूत प्रदेशों का अवश्य दर्शन करेंगे। यद्यपि राम स्वभाव से धीर हैं तथापि अपनी वर्तमान अवस्था में अत्यन्त विक्षुब्ध होने के कारण सम्भव है किसी दुर्घटना से ग्रस्त हो जाएँ अतः भगवती गोदावरी! आपको उनके सम्बन्ध में सावधान हो कर रहना चाहिए। यदि किसी समय श्रीराम शोकवश निश्चेतन हो जाएँ तो आप उन्हें अपनी तरंगों के शीकरों से शीतल और पद्मकेसरों के सुगन्ध से सुगन्धित पवनों द्वारा पुनः सचेतन कर देना।"

तमसा : यह स्नेह के सर्वथा अनुकूल ही है। परन्तु रामभद्र के संजीवन का उपाय तो मूल रूप में ही समीप स्थित है।

मुरला : वह कैसे?

तमसा : तो सुनो सब। जब लक्ष्मण वाल्मीकि मुनि के तपोवन के पास सीता का परित्याग करके लौट गए तब सीता देवी ने प्रसव-वेदना की पीड़ा को सहन न कर सकने के कारण, दुःखाभिभूत हो कर अपने को गंगा के प्रवाह में फेंक दिया। उसी समय दो बच्चों की उत्पत्ति हुई। तत्काल भगवती भागीरथी और पृथ्वी माता ने उन दोनों बच्चों को

और सीता को अपनी गोद में ग्रहण कर लिया और उन्हें पाताल-देश में पहुँचा दिया। जब दोनों बच्चों ने स्तन्य पान छोड़ा, उन्हें ले कर गंगा देवी ने स्वयं महर्षि वाल्मीकि को अर्पित कर दिया।

मुरला : *(आश्चर्य के साथ)* ऐसी आलौकिक विभूतियों का विपाक भी परम अद्‌भुत होता है, जहाँ इस प्रकार की दिव्य शक्तियों को भी उपकरण बनने के लिए स्वयं उपस्थित होना पड़ता है।

तमसा : अब सरयू के मुख से यह सुन करके कि श्रीराम शम्बूक का उद्धार करके पंचवटी पहुँचे हैं, भगवती भागीरथी स्नेहवश वही शंका करती हुई जिसे लोपामुद्रा ने किया है, स्वयं सीता को ले कर गोदावरी के समीप आ गई हैं।

मुरला : भगवती भागीरथी ने अच्छा ही विचार किया है। राज्य-सिंहासन पर बैठे हुए तो लोक-कल्याण-कार्यों में व्यस्त रहने के कारण श्रीराम को चित्त-विक्षेप का कम ही अवकाश प्राप्त होता है। परन्तु यहाँ सर्वथा अव्यग्र होने के कारण केवल शोक के साथ होने से उनका पंचवटी में प्रवेश करना महान् अनर्थ का हेतु होगा। तो देवी सीता रामभद्र का आश्वासन कैसे कर सकेगी?

तमसा : भगवती भागीरथी ने इस तरह कहा है—"वत्से यज्ञ-पुत्री सीता! आज आयुष्मान् कुश-लव के जन्म की बारहवीं वर्षगाँठ है। तो तुम अपने पुराण श्वसुरभूत, सूर्यवंश के संस्थापक, पापक्षयकारी भगवान् आदित्य की अपने हाथों से चुने हुए पुष्पोपहारों द्वारा पूजा करो। पृथ्वी पर विचरण करती हुई तुम्हें हमारे प्रभाव से वनदेवता भी नहीं देख सकेंगे, मनुष्यों का तो क्या कहना।" मुझे भी भगवती भागीरथी ने आज्ञा दी है कि "तमसे! वधू जानकी का तुमसे अत्यन्त स्नेह है अतः तुम ही इसके अति समीप हो कर रहो।" तो मैं अब जैसी आज्ञा हुई है तदनुसार आचरण करती हूँ।

मुरला : मैं भी इस वृत्तान्त को लोपामुद्रा से जा कर कहती हूँ। मैं समझती हूँ कि रामभद्र भी इस वन में अब पहुँच चुके हैं।

तमसा : यह देखो, सीता भी गोदावरी के जलाशय से निकल कर इसी वन की तरफ चली आ रही है। देवी साक्षात् करुणा की मूर्ति एवं विरह-व्यथा की प्रतिमा दिखाई दे रही है। हाय, इसका मुख कितना दुर्बल और पीला हो रहा है, यद्यपि कपोलों पर लावण्य पूर्ववत् विद्यमान है। खुले हुए केश इसके मुख की आभा को और भी अधिक करुणाजनक बना रहे हैं।

मुरला : यह है वह। इसके कृश एवं पाण्डुर शरीर को, जो बन्धन से टूटे किसलय से भी अधिक कोमल है, हृदय-कुसुम को सुखा देने वाला

दारुण शोक इस तरह कान्तिहीन कर रहा है, जैसे शरदृऋतु का ताप केतकी के पत्र को झुलसा देता है।

[घूम कर दोनों चली जाती हैं।]

[नेपथ्य में]

अनर्थ हो गया, अनर्थ हो गया!

[तब फूलों के चुनने में व्यग्र करुणा और उत्सुकता से शब्द को सुनती हुई सीता प्रविष्ट होती है।]

सीता : ओ हो! समझी, प्रिय सखी वासन्ती बोल रही है।

[फिर नेपथ्य में]

जो हाथी का बच्चा सीता देवी से स्वयं हाथों द्वारा सल्लकी-पत्र खिला कर पहले बड़ा किया गया था...

सीता : उसका क्या हुआ?

[फिर नेपथ्य में]

वह अपनी बहू के साथ, पानी में विहार करता हुआ किसी अन्य दर्पोन्मत्त हाथी द्वारा हमला करके घेर लिया गया है।

सीता : *(व्याकुलता से कुछ कदम चल कर)* हे आर्यपुत्र! रक्षा करो, रक्षा करो मेरे उस पुत्र की। हाय धिक्कार, पंचवटी के दर्शन से वही चिरपरिचित अक्षर मुझ मन्दभागिनी के मुख पर आ रहे हैं। हा आर्यपुत्र!

[प्रवेश करके]

तमसा : आश्वासन करो।

[नेपथ्य में]

विमानराज, यहीं ठहर जाओ।

सीता : *(आश्वस्त हो कर भय और उल्लास के साथ)* अरे, यह जल से भरे बादल की गर्जना की तरह गम्भीर शब्द कहाँ से आ रहा है, जो मुझ मन्दभागिनी के मृतप्राय कानों को भी उत्सुक कर रहा है?

तमसा : *(मुस्कुराहट तथा दुःख के साथ)* अयि वत्से! कहीं से आते हुए अस्पष्ट ध्वनि वाले शब्द को सुन कर तुम ऐसी चकित और उत्कण्ठित हो कर खड़ी हो गई हो, जैसे मोरनी गर्जते बादलों को सुन कर स्तम्भित हो जाती है।

सीता : भगवती! क्या कहती हो, 'अस्पष्ट शब्द'? स्वर-संयोग से मैं तो जानती हूँ कि यह निश्चय से आर्यपुत्र की ही वाणी है।

तमसा : सुना है तपस्या करने वाले शूद्र को दण्ड देने के लिए इक्ष्वाकुराज इधर दण्डकारण्य में आए हुए हैं।

सीता : सौभाग्य से महाराज धर्म-पालन में सतत व्यग्र हैं।

[नेपथ्य में]

ये गोदावरी के तट पर पर्वत की उपत्यकाएँ हैं जहाँ वृक्ष और हरिण मेरे बन्धु के समान थे, और जहाँ मैं प्यारी के साथ चिरकाल तक रहा था। इन उपत्यकाओं के बहते हुए निर्झर और कन्दराएँ कैसी सुन्दर दिखाई दे रही हैं?

सीता : *(देख कर)* यह क्या, आर्यपुत्र का चेहरा प्रभातकालीन चन्द्रमा के समान कैसा पीला, क्षीण एवं दुर्बल दिखाई दे रहा है। इन्हें पहचानना तक कठिन हो रहा है। इनकी सौम्य आकृति अपने गम्भीर अनुभवमात्र से लक्षित हो रही है। भगवती तमसे! मुझे धारण करो।

तमसा : वत्से! आश्वासन करो, आश्वासन करो।

[नेपथ्य में]

इस पंचवटी के दर्शन से मेरे अन्तर्तम में लीन सन्तापाग्नि आज प्रचण्ड रूप में प्रज्वलित हो रही है और धूमपुंज के समान मोह तो पहले ही मुझे सब तरफ से आवृत कर रहा है। हा प्रिये जानकि!

तमसा : *(दिल में)* गुरुजनों ने इसकी आशंका की थी।

सीता : *(आश्वस्त हो कर)* हाय, यह क्या?

[फिर नेपथ्य में]

हा देवि! दण्डकारण्य में निवास की प्रिय सखि! विदेह-पुत्री!

[मूर्च्छित हो जाता है।]

सीता : हाय धिक्कार! मुझ मन्दभागिनी को सम्बोधित करके आर्यपुत्र अपने नील कमल-सदृश नेत्रों को बन्द करके मूर्च्छित हो गए। हा! पृथ्वी पर श्वासहीन हो कर गिर गए! भगवती तमसे, रक्षा करो। आर्यपुत्र को जीवित करो।

तमसा : हे कल्याणी! तुम स्वयं ही जगत्पति को संजीवित करो। तुम्हारे हाथ का स्पर्श उसे परम प्रिय है। उसी में यह प्रेमी निरत है।

सीता : अच्छा ऐसा ही हो; जैसी भगवती की आज्ञा।

[शीघ्रता से जाती है।]

[राम पृथ्वी पर पड़े हुए हैं, सीता आँसू बहाती हुई उन्हें स्पर्श करती है और राम श्वास लेना आरम्भ करते हैं।]

सीता : *(कुछ हर्ष के साथ)* जानती हूँ त्रिलोकी का जीवन पुनः लौट आया है।

राम : यह क्या? मुझे अपने शरीर में हरिचन्दन के पल्लवों का-सा रस बहता हुआ अनुभव हो रहा है, चन्द्रकिरणों का शीतल सिंचन अंग-अंग में होता हुआ प्रतीत होता है और हृदय में संजीवनी औषधि का लेप-सा होता हुआ दिखाई देता है, जिससे मेरी आत्मा परितृप्त हो रही है! निश्चय से यह वही पुराना परिचित स्पर्श है जो मुझे पुनः जीवन प्रदान कर रहा है और मन में परम सन्तोष उत्पन्न कर रहा है।

यह स्पर्श सन्तापजन्य मेरी मूर्च्छा को शीघ्र दूर करके आह्लाद द्वारा अनिर्वचनीय प्रज्ञाशून्यता को मेरे में उत्पन्न कर रहा है।

सीता : *(भय तथा करुणा के साथ, पास जा कर)* इतना ही मेरे लिए बहुत है।

राम : *(उठकर बैठ जाता है।)* कहीं प्यारी सीता तो मेरे पास नहीं आ गई।

सीता : हाय धिक्कार! क्या आर्यपुत्र मेरी निन्दा करेंगे।

राम : अच्छा, देखता हूँ।

सीता : भगवती तमसे! चलो, हट जाएँ यहाँ से। मुझे देख कर, बिना आज्ञा उनके पास मेरे आने पर, राजा क्रोध करेंगे।

तमसा : प्यारी, चिन्ता मत करो; भगवती भागीरथी की कृपा से तुम वनदेवताओं के लिए भी अदृश्य हो गई हो।

सीता : क्या ऐसा है?

राम : हाँ प्रिय जानकी!

सीता : *(भय से गद्गद होते हुए)* आर्यपुत्र, परित्याग करने के बाद तुम्हारा मुझे 'प्रिय' सम्बोधित करना उचित नहीं है। *(आँसुओं के साथ)* परन्तु भगवती! क्या मैं प्राणनाथ के प्रति वज्रमय बन जाऊँ? मैं उनके प्रति निर्दय नहीं हो सकती। जन्मातर में भी इनका दर्शन मुझे दुर्लभ होगा। जिस तरह आज आर्यपुत्र मुझ मन्दभागिनी के लिए प्रेम-विह्वल हो कर विलाप कर रहे हैं—मुझे भी मुक्तकण्ठ से कन्दन करना चाहिए। मैं ही इनके हृदय को जानती हूँ और वे मेरे हृदय को जानते हैं।

राम : *(सब तरफ देख कर, निर्वेद के साथ)* हाय, यहाँ तो कुछ नहीं।

सीता : भगवती! निष्कारण भी परित्याग करने वाले आर्यपुत्र के दर्शन से मेरी कैसी अवस्था हो रही है?

तमसा : प्यारी, मैं सब जानती हूँ। तुम्हारा हृदय इस समय निराशा के कारण तटस्थ, घोर अपमान के कारण उत्तेजित, इस दीर्घ वियोग में प्राण प्रिय के आकस्मिक सम्मिलन के कारण स्तम्भित, अपने स्वभाव-सुलभ सौजन्य के कारण प्रकृतिस्थ, राम की कल्याणपूर्ण अवस्था के कारण करुणार्द्र एवं प्रेम के कारण द्रवीभूत हो रहा है।

राम : देवी, तुम्हारा स्नेह-सान्द्र, शीतल-स्पर्श मूर्तिमान् अनुग्रह बन कर आज मुझे आनन्दित कर रहा है। परन्तु प्यारी, तुम कहाँ हो?

सीता : आर्यपुत्र का यह विलाप कैसा अमृतमय है? किस प्रकार अगाध मानसिक स्नेह का प्रदर्शन करने वाला है और कैसी आनन्द-धारा को प्रवाहित कर रहा है! निष्कारण परित्याग से छलनी हुआ-हुआ भी मेरा हृदय इस विलाप को सुन कर परम सन्तोष का अनुभव कर रहा है।

राम : अथवा प्रियतमा कहाँ? उसका स्पर्श केवल भ्रम है, प्रतारणा है—संकल्प का उन्माद मात्र है।

[नेपथ्य में]

अहो बड़ा अनर्थ हो गया, अनर्थ हो गया!

जो हाथी का बच्चा सीता देवी से स्वयं हाथों द्वारा पहले सल्लकी-पत्र खिला कर बड़ा किया गया था...

राम : *(करुणा और उत्सुकता के साथ)* उसका क्या हुआ?

[फिर नेपथ्य में]

वह अपनी बहू के साथ पानी में विहार करता हुआ किसी अन्य दर्पोन्मत्त हाथी द्वारा हमला करके घेर लिया गया है।

सीता : अब कौन उसकी रक्षा करेगा?

राम : कहाँ है वह दुष्ट हाथी, जो प्यारी के पुत्र पर हमला कर रहा है?

[प्रवेश करके]

वासन्ती : *(सभ्रान्त हुई-सी)* महाराज जल्दी चलो।

सीता : हाय, यह तो मेरी प्रिय सखी वासन्ती है!

राम : देवी की प्रिय सखी वासन्ती यहाँ कैसे?

वासन्ती : देव, जल्दी चलो, जल्दी चलो। इधर, जटायु-शिखर की दक्षिण तरफ सीता तीर्थ द्वारा गोदावरी में उतर कर आप देवी के पुत्र की रक्षा कीजिए।

सीता : हा तात जटायु! यह पंचवटी वन तुम्हारे बिना सूना दिखाई देता है।

राम : हाय, ये पुरातन स्मृतियाँ हृदय के मर्म स्थलों को छेदने वाली हैं।

वासन्ती : महाराज, इधर आइए।

सीता : सचमुच, वनदेवी भी मुझे नहीं देख रही।

तमसा : प्यारी, भगवती भागीरथी का ऐश्वर्य प्रकृष्टतम है, तो क्यों शंका करती हो?

सीता : चलो, हम इनका अनुसरण करें।

राम : भगवती गोदावरी! आपको मेरा नमस्कार है।

वासन्ती : *(देख कर)* महाराज, बधाई हो। देवी का यह पुत्र विजयी हो गया है।

राम : यह आयुष्मान् सदा विजयी रहे।

सीता : अहो, मेरा पुत्र इतना बड़ा हो गया है?

राम : देवि, बधाई हो। जो तुम्हारा पुत्र बचपन में अपने कोमल-कोमल नए दन्तांकुरों द्वारा तुम्हारे कर्णाभूषणों से लवली-पल्लव को खींच लिया करता था, आज वही मन्दोमत्त हाथियों का विजेता बन गया है और तरुणावस्था के कल्याण का पात्र हो गया है।

सीता : चिरंजीव, अब इस सौम्य दर्शन वाली अपनी वधू से सदा अवियुक्त रहो।

राम : सखि वासन्ती! देखो-देखो, इस बच्चे ने कान्ता को प्रसन्न करने की चतुरता को भी सीख लिया है। देखो। यह कमल-पत्रों को खेल-खेल में उखाड़ कर, उनमें सूँड द्वारा पुष्पों से सुगन्धित जल को पत्नी के लिए भर रहा है। फिर उस जल से युक्त सूँड से उसे स्नान करा रहा है। तदन्तर प्रेमवश कमल-पत्रों के आतपत्र को बनाकर उस पर छाया कर रहा है।

सीता : भगवती तमसा! यह तो इतना बड़ा हो गया है। वे दोनों कुश-लव, मैं नहीं जानती, इस समय तक कितने बड़े हो गए होंगे।

तमसा : जितना बड़ा यह है, उतने वे दोनों हो गए होंगे।

सीता : मैं ऐसी मन्दभागिनी हूँ, जिसे न केवल आर्यपुत्र का विरह है, अपितु पुत्रों का भी विरह है।

तमसा : भवितव्यता है।

सीता : उन पुत्रों को मेरे जन्म देने का क्या लाभ हुआ, जिनके मृदुल दशन-कुड्मलों वाले मधुर-अस्फुट रूप से तुतलाते हुए नित्य उज्ज्वल-मुख-कमलों को, आर्यपुत्र ने नहीं चूमा।

तमसा : देवताओं के प्रसाद से ऐसा हो गया।

सीता : भगवती तमसा, इस अपत्य संस्मरण से अब मेरे स्तनों से दूध बहने लगा है और बच्चों के पिता के समीप होने पर मैं पुनः संसार में आई हुई अपने को अनुभव कर रही हूँ।

तमसा : इस सम्बन्ध में क्या कहा जाए? सन्तान स्नेह की पराकाष्ठा है। यह माता-पिता को परस्पर संश्लिष्ट करने वाली अविच्छेद्य ग्रन्थि है। अपत्य वह आनन्द-ग्रन्थि है, जो दम्पति के अन्तःकरण-तत्त्वों को स्नेह-बन्धनों में बाँध देती है।

वासन्ती : इधर भी आप देखिए। यह मोर अपनी वधू के साथ मुकुट की तरह शिखा ऊँची करके, कदम्ब वृक्ष पर नृत्य कर रहा है, जिसे प्रिय सखी सीता ने स्वयं प्रतिदिन बढ़ाया था। इसके पँख तब नए-नए ही निकले थे।

सीता : *(कौतुक तथा स्नेहाश्रुओं के साथ)* यह है वह।

राम : सानन्द रहो वत्स! आज हमारी वृद्धि हुई।

सीता : वस्तुतः ऐसा ही है।

राम : पुत्र! मैं तुम्हें अच्छी तरह स्मरण करता हूँ; जब तुम्हें प्यारी सीता, घूमती हुई, अपनी आँखों को मण्डलाकार बना कर, चंचल भ्रू-लताओं के इशारों से, और हाथों से ताली बजाती हुई नृत्य कराया करती थी।

हाय, ये पक्षी भी स्नेह-सम्बन्ध की किस तरह रक्षा करते हैं। इस कदम्ब वृक्ष की, कुछ फूलों के अंकुर फूटने के बाद से, प्रियतमा सीता ने पालना की थी...

सीता : *(आँसुओं के साथ)* आर्यपुत्र ने ठीक पहचाना है।

राम : यह पर्वत का मोर इस वृक्ष को देवी के स्वजन-रूप में स्मरण करता हुआ, इस पर प्रमोद कर रहा है।

वासन्ती : देव यहाँ पर आसन ग्रहण करें।

[राम बैठ जाता है।]

वासन्ती : यह वह शिला-तल है, जिस पर आप प्रिया के साथ बैठा करते थे। इस घने कदली-वन के मध्य में यह पूर्ववत् विद्यमान है। इसी पर बैठ कर सीता वन्य मृगों को घास खिलाया करती थी और वे मृग स्नेहवश उसका साथ नहीं छोड़ते थे।

राम : इसे देखना असह्य है। *(दूसरी तरफ मुँह करके रोता है)*

सीता : सखि वासन्ती! यह तुमने क्या किया, आर्यपुत्र को और मुझे तुमने क्यों इस स्थान का दर्शन कराया? हाय धिक्कार है। यह वही पंचवटी वन है। वही प्रिय सखी वासन्ती है। ये वही गोदावरी-तट के वन-प्रदेश हैं, जिन्होंने हमारी प्रणय-लीलाओं का साक्ष्य किया था। ये वही पूर्वपरिचित हिरण, पक्षी और वृक्ष हैं। परन्तु ये सब दिखाई देते हुए भी मुझ मन्दभागिनी के लिए न होने के समान हैं। मेरे लिए सारा संसार ही अभावमय हो गया है।

वासन्ती : सखि सीते! रामभद्र की इस अवस्था को क्यों नहीं देखती? जो राम अपने कमल-सदृश कोमल अंगों से हमारे नयनोत्सव को किया करता था और जो निरन्तर देखे जाने पर भी सदा नूतन ही प्रतीत होता था, वह आज शोक के कारण दुर्बल और पाण्डुच्छाया वाला हुआ-हुआ, शून्य चक्षुओं सहित, अनुमानमात्र से पहचाना जा रहा है। इस कृश-क्षीण अवस्था में भी यह कैसा प्यारा लग रहा है?

सीता : सखि! मैं देख रही हूँ।

तमसा : देखो-देखो। प्रिय को बारम्बार देखो।

सीता : हा दैव! यह किसने सम्भावना की थी कि यह मेरे बिना और मैं इनके बिना कभी रह सकूँगी। तो क्षणभर मैं वाष्प-प्रवाह के बीच में जन्म-जन्मान्तर में दुर्लभ दर्शन वाले आर्यपुत्र को आँखें भर कर देख लेती हूँ।

तमसा : *(आलिंगन करके, आँसुओं के साथ)* सखि! यह तुम्हारी, आनन्द और शोक के अश्रु बहाती हुई स्नेह-निष्पन्दिनी दृष्टि दुग्ध-कुल्या के समान धवलता और मधुरता से हृदयेश को स्नपित कर रही है। यह दृष्टि

पक्ष्मल और उत्तान होती हुई कितने मुग्ध भाव से प्रियतम को देख रही है।

वासन्ती : आज श्रीराम स्वयं फिर इस वन में आए हैं। वृक्षो! तुम पुष्पों-फलों और मधु द्वारा उन्हें अर्घ्य प्रदान करो। वन-पवनों! विकसित कमलों का आमोद ले कर तुम उनका स्वागत करो। पक्षियो! तुम अनुरागमय कण्ठों द्वारा अविरल मधुर गान करो।

राम : आओ, सखि वासन्ती! इधर बैठें।

वासन्ती : *(बैठ कर, आँसुओं के साथ)* कुमार लक्ष्मण तो कुशलपूर्वक हैं?

राम : *(अनसुनी करते हुए)* जिन वृक्षों, पक्षियों और हरिणों का मैथिली ने अपने हाथों द्वारा जल, नीवार और शष्प दे कर पोषण किया था, उन्हें देख कर मेरे चित्त में ऐसा कोई विकार उत्पन्न हो रहा है कि मानो हृदय ही द्रव बन कर बाहर निकल रहा हो।

वासन्ती : महाराज, मैं पूछती हूँ कि कुमार लक्ष्मण तो कुशलपूर्वक हैं?

राम : *(दिल में)* 'महाराज'! यह तो प्रेमशून्य सम्बोधन है। केवल सौमित्र का ही कुशल पूछा है और फिर आँसुओं से इसकी आँखें भर गई हैं। ऐसा प्रतीत होता है कि इसे सीता का वृत्तान्त विदित हो चुका है। *(प्रकट रूप में)* हाँ, कुमार लक्ष्मण कुशलपूर्वक हैं।

वासन्ती : *(रोती है।)* देव, तुम अतिनिष्ठुर हो।

सीता : सखि वासन्ती! क्या तुम भी ऐसा ही मानती हो, आर्यपुत्र तो सबके लिए पूजार्ह हैं, विशेषतः तुम्हारे लिए।

वासन्ती : "तुम मेरा जीवन हो, तुम मेरा दूसरा हृदय हो, तुम मेरी आँखों की चाँदनी हो, तुम मेरे अंगों में अमृत हो" इत्यादि सैकड़ों प्यारी बातों से उस भोली सीता को बहका करके फिर तुमने उस भोलीभाली के साथ क्या किया? बस इस सम्बन्ध में शान्त रहना ही उचित है, अधिक कहने से क्या!

[मूर्च्छित हो जाती है।]

तमसा : वासन्ती की स्थान पर वाक्य-निवृत्ति तथा मूर्च्छा हुई है।

राम : सखि, आश्वासन करो, आश्वासन करो।

वासन्ती *(आश्वस्त हो कर)* आपने ऐसा अकार्य क्यों किया?

सीता : सखि वासन्ती, रुक जाओ।

राम : लोग नहीं सहन करते।

वासन्ती : किस कारण?

राम : वही जानते हैं कि क्या कारण है?

तमसा : देर के बाद यह उपालम्भ दिया गया है।

वासन्ती : निष्ठुर राम! यदि तुम्हें यश ही प्यारा था, तो इससे बढ़ कर और

क्या घोर अपयश हो सकता है? नाथ, कहो, उस मृगनयनी का जंगल में क्या हुआ होगा? तुम्हारा क्या अनुमान है?

सीता : सखि वासन्ती! तुम कितनी दारुण और कठोर हो जो विलाप करते हुए आर्यपुत्र को इस तरह अधिक रुला रही हो।

तमसा : प्रणय एवं शोक ही उससे ऐसा करा रहा है।

राम : सखि, मेरा क्या अनुमान है? मैं समझता हूँ, मृगशावक के सदृश उज्ज्वल आँखों वाली, गर्भ-भार से थक कर गिरी हुई बिचारी सीता का ज्योत्स्नामय, मृदु मृणाल-कल्प शरीर हिंसक जीवों ने जंगल में अवश्य समाप्त कर दिया होगा।

सीता : आर्यपुत्र! नहीं-नहीं, मैं अभी जीवित हूँ। यह अभागिन अभी प्राण धारण किए हुए है।

राम : हा प्रिय जानकी, कहाँ हो!

सीता : हाय धिक्कार! आर्यपुत्र तो सामान्य जन के समान मुक्तकण्ठ से विलाप कर रहे हैं!

तमसा : वत्से! यह उचित ही है। दुःखित व्यक्तियों को दुःख निवारण इसी तरह करना होता है। जलाशय में अधिक जल भर जाने पर, उसका प्रवाह कर देना ही प्रतिकार होता है एवं शोक से हृदय के अतिक्षुब्ध होने पर, आँसू बहा कर ही उसे शान्त किया जा सकता है।

विशेषतया रामभद्र के लिए यह संसार अति कष्टदायी है। उसे नीति के अनुसार धर्मतत्पर हो कर इस विश्व की पालना करनी है। उस पर प्यारी का शोक उसके कोमल चित्त को इस तरह झुलसा रहा है, जैसे घाम फूलों को झुलसा देता है। प्रिया का परित्याग उसने स्वयं किया इसलिए विलाप करना भी उसके लिए कठिन है। आज रामभद्र को रोने का इस वन में अवसर प्राप्त होना लाभकारी ही है, इस कारण प्राण धारण करना तो सम्भव होगा।

राम : हाय कितना कष्ट है। शोकोद्वेग से मेरा हृदय फटा जा रहा है, परन्तु दो टुकड़े नहीं होता। मेरा शरीर मोह के कारण अत्यन्त विकल हो रहा है, परन्तु चेतनता-शून्य नहीं होता। अन्दर-अन्दर जलती हुई आग मेरे अंगों को दग्ध कर रही है, परन्तु पूर्णतया भस्मसात् नहीं करती। दुर्दैव मेरे मर्मस्थलों पर प्रहार कर रहा है। परन्तु जीवन-तन्तु को काट नहीं देता।

हे नगर-निवासियो! यदि सीता देवी का घर में रहना तुम्हें अभीष्ट नहीं था, जब मैंने उसे तृण-समान निर्जन वन में छोड़ दिया तो तुमने उसके लिए एक आँसू तक नहीं बहाया; आज प्यारी के ये चिरपरिचित स्थान मेरे हृदय को द्रवित कर रहे हैं; मैं अशरण हो कर विलाप कर रहा हूँ--तुम प्रसन्न रहो।

वासन्ती : *(दिल में)* शोक का यह अति गम्भीर उद्गार है। *(प्रकट रूप में)* देव! विगत पर शोक करना वृथा है, धैर्य का अवलम्बन कीजिए।

राम : क्या कहती हो, धैर्य? आज संसार को देवी से शून्य हुए-हुए, बारह वर्ष व्यतीत हो गए। उस बेचारी का नाम भी लुप्त हो गया, परन्तु ऐसा नहीं कि राम जीवित नहीं है।

सीता : आर्यपुत्र के इन प्रिय वचनों से मैं मन्त्रमुग्ध एवं खोई हुई-सी अनुभव करती हूँ।

तमसा : ऐसा ही है, वत्से, ये प्रिय वचन वस्तुतः स्नेहार्द्र परन्तु अतिनिष्ठुर हैं। ये वे मधु धाराएँ बह रही हैं, जो विष से भरी हुई हैं।

राम : सखि वासन्ती! जैसे लोहे का कील तिरछा छाती में खुब गया हो अथवा विषैला दाँत अन्दर गड़ गया हो, वैसे ही हृदय को छेदता हुआ और मर्मस्थलों को काटता हुआ तीव्र शोक-शंकु क्या मैंने सहन नहीं किया?

सीता : मैं अब भी कितनी मन्दभागिनी हूँ, जो आर्यपुत्र के इस असह्य शोक का कारण बन रही हूँ।

राम : मैं अपने अन्तःकरण के विक्षोभ का कितना भी संवरण कर रहा हूँ, परन्तु आज इन पूर्वपरिचित वस्तुओं के पुनर्दर्शन से मुझे यह आवेग अनिवार्य हो रहा है। मर्यादा को तोड़ कर उमड़ते हुए करुणा-प्रवाह के इस आवेग को रोकने के लिए जितना भी मैं प्रयत्न करता हूँ, उतना ही कोई चेतोविकार मेरे अन्तर्तम को चीर कर बाहर निकल आता है, जैसे जल का प्रवाह रेतीले बान्ध को चीर कर बाहर निकल जाता है।

सीता : आर्यपुत्र के इस दारुण दुःख को देख कर मेरा अपना दुःख नष्ट हो गया है और मेरा हृदय निश्चेतन हो कर फटा जा रहा है।

वासन्ती : *(दिल में)* हाय, श्रीराम अत्यन्त शोकमग्न हो गए हैं। *(प्रकट रूप में)* आप अब इधर अपनी चिरपरिचित पंचवटी की इन विस्तृत भूमियों को भी देखिए।

राम : हाँ, देखता हूँ। उठ कर घूमता है।

सीता : वासन्ती का यह दिल बहलाने का उपाय, मैं समझती हूँ, दुःख को अधिक भड़काने वाला होगा।

वासन्ती : हे देव! यहाँ इस लता-गृह में तुम सीता की राह देखते हुए बैठे होते थे; जब वह गोदावरी-तीर पर हँसों के साथ खेलती हुई आने में देर कर देती थी। आने पर वह सीता, तुम्हारे मुख पर रोष की रेखा को देखने के साथ ही, कातरतावश अपने भोले कमल-कुड्मल-सदृश कर-युगल जोड़ देती थी और क्षमा माँगती थी।

सीता : वासन्ती! तुम अतिनिष्ठुर हो जो इस प्रकार मर्मभेदी हृदयद्रावक वचनों द्वारा मुझ मन्दभागिनी का स्मरण आर्यपुत्र को करा रही हो।

राम : अयि चण्डि जानकी! इधर-उधर दिखाई दे रही हो, परन्तु मेरे पर अनुकम्पा क्यों नही करती? हाय देवी, मेरा हृदय फट रहा है, शरीर ध्वस्त हो रहा है। मुझे सारा जगत् सूना दिखाई दे रहा है। मैं अन्दर-ही-अन्दर अविरल ज्वाला से जला जा रहा हूँ। मेरी विह्वल आत्मा घोर अन्धकार में डूबी जा रही है। मूर्च्छा मुझे चारों तरफ से घेर रही है, हाय मैं अभागा क्या करूँ?

[मूर्च्छित हो जाता है।]

सीता : हाय धिक्कार! फिर आर्यपुत्र मूर्च्छित हो गए।

वासन्ती : देव आश्वासन कीजिए, आश्वासन कीजिए।

सीता : आर्यपुत्र! मुझ मन्दभागिनी के कारण आपका जीवन, जो समस्त विश्व के कल्याण के लिए प्रादुर्भूत हुआ है, इस तरह से संशय में पड़ गया है। हाय मैं मारी गई। *(मूर्च्छित हो जाती है)*

तमसा : वत्से! आश्वासन करो, आश्वासन करो। फिर तुम्हारा पाणिस्पर्श ही रामभद्र के जीवन का एकमात्र उपाय है।

वासन्ती : क्या अभी तक होश में नहीं आए। प्रिय सखि सीते! कहाँ हो, अपने प्राणेश्वर को पुनर्जीवित करो।

[सीता जल्दी से समीप जाकर हृदय और मस्तक पर स्पर्श करती है।]

वासन्ती : सौभाग्य से रामभद्र फिर होश में आ गए हैं।

राम : अहा, यह कैसा स्पर्श है जो मुझे अकस्मात् पुनर्जीवित कर रहा है और अमृतमय लेप द्वारा मेरे समस्त शरीर को अन्दर तथा बाहर लिप्त कर रहा है! यह स्पर्श तो आनन्दातिरेक से मुझे फिर मूर्च्छित कर रहा है। *(आनन्द के साथ आँख खोल कर)* सखि वासन्ती, बधाई हो।

वासन्ती : देव, कैसी बधाई?

राम : सखि! और क्या? फिर जानकी मिल गई।

वासन्ती : देव रामभद्र, वह कहाँ?

राम : *(स्पर्श-सुख का अभिनय करते हुए)* देखो, यह सामने ही तो है।

वासन्ती : देव रामभद्र! क्यों मर्मच्छेदी, दारुण प्रलापों द्वारा प्रिय सखी की विपत्ति के दुःख से जली हुई मुझ मन्दभागिनी को तुम फिर जलाते हो।

सीता : मैं हटना चाहती हूँ। परन्तु यह क्या, मेरा हाथ आर्यपुत्र के स्पर्श से पकड़ा-सा गया है और अपने स्थान से विचलित नहीं होता। यह स्पर्श चिरस्नेह-सम्भार से कितना शीतल है और मेरे दीर्घ एवं दारुण सन्ताप को झट से हलका कर रहा है। हाय, मेरा हाथ वज्र से ताड़ित हुआ निश्चेष्ट हो रहा है।

राम : सखि! यह प्रलाप कैसा? जो हाथ, कंकण को धारण किया हुआ, मैंने विवाह-संस्कार के समय ग्रहण किया था और जो चन्द्रमा की अमृत-शिशिर किरणों के समान शीतल था...

सीता : आर्यपुत्र अभी तो तुम वही हो।

राम : वही, बिल्कुल वही! लवली-लता के सदृश कोमल हाथ, मुझे अभी प्राप्त हुआ है। *(पकड़ता है।)*

सीता : हाय धिक्कार! आर्यपुत्र के स्पर्श-मोहित हो जाने पर मेरे से ऐसा प्रमाद हो गया?

राम : सखि वासन्ती! मैं अब प्रिय-स्पर्श से आनन्द-विभोर हो रहा हूँ। तुम भी मुझे थोड़ा सहारा दो।

वासन्ती : हाय, राम को कैसा चित्त-विभ्रम हो रहा है।

[सीता झटके से हाथ छुड़ा कर दूर हट जाती है।]

राम : हाय धिक्कार! कितनी असावधानी हुई? मेरे काँपते हुए, जड़ एवं प्रस्वेदयुक्त हाथ से प्यारी का काँपता हुआ, जड़ एवं प्रस्वेदयुक्त हाथ छूट गया।

सीता : हाय धिक्कार! अभी तक अन्तर्वेदना से पीड़ित हृदय को मैं थाम नहीं पा रही।

तमसा : *(स्नेह, उत्सुकता तथा स्मित के साथ सीता को देखती हुई)* प्यारी सीता का शरीर प्रियतम के सुख-स्पर्श से किस तरह रोमांचित तथा कम्पित हो रहा है। यह बेचारी इस तरह स्वेद से सिंची जा रही है, जैसे कदम्ब वृक्ष की शाखा वायु से प्रेरित तुषार-राशि द्वारा सिंचित हो जाती है।

सीता : *(दिल में)* मैं भगवती तमसा के सम्मुख परवश हुई-हुई, लज्जा का पात्र बन रही हूँ। यह क्या विचार करती होगी कि एक तरफ परित्याग है और दूसरी तरफ इस तरह परस्पर आसक्ति है।

राम : *(सब तरफ देख कर)* हाय, सीता तो कहीं नहीं। निष्करुण वैदेही! तुम कहाँ हो?

सीता : सचमुच मैं निष्करुण हूँ, जो ऐसी अवस्था में भी तुम्हें देख कर अभी तक जीवित हूँ।

राम : प्रिये कहाँ हो? देवि कृपा करो। मुझे इस दीन अवस्था में छोड़ना तुम्हारे लिए उचित नहीं।

सीता : आर्यपुत्र! तुम उल्टी बात कह रहे हो। परित्याग तो तुमने किया है।

वासन्ती : देव, अपने लोकोत्तर धैर्य से ही सीमा का उल्लंघन कर शोक में मग्न हुई आत्मा को थामो। वह प्रिय सखि अब संसार में कहाँ।

राम : सचमुच अब नहीं है। नहीं तो वासन्ती उसे क्यों न देखती अथवा

यह स्वप्न ही हो। परन्तु मैं सोया हुआ तो नहीं हूँ। राम को नींद कहाँ? वही अनेक बार कल्पना को कलुषित करने वाला भ्रम मुझे बारम्बार सता रहा है।

सीता : मैंने ही निष्ठुर बन कर आर्यपुत्र को भ्रान्ति का शिकार बनाया है।

वासन्ती : देव! देखो-देखो। जटायु द्वारा तोड़ा हुआ रावण का यह लोहे का रथ पड़ा है। ये सामने रथ के गदहों के अस्थिमय कंकाल पड़े हैं, जिनके मुख पिशाचों के हैं। रावण यहीं पर अपनी तलवार से जटायु के पँखों को काट कर सीता को उठा कर इस तरह आकाश में चढ़ गया था, जैसे बादल अन्दर बिजली को धारण करके ऊपर चढ़ जाता है।

सीता : *(भय के साथ)* आर्यपुत्र बचाओ, बचाओ। तात जटायु मारा जा रहा है। मुझे भी रावण हर कर ले जा रहा है।

राम : *(वेग के साथ उठ कर)* अरे पापी रावण, पिता के प्राणों को हरने वाले और सीता का अपहरण करने वाले, कहाँ जाओगे?

वासन्ती : देव, राक्षस-कुल का तो तुम ध्वंस कर चुके हो। आज कौन तुम्हारे क्रोध का विषय अवशिष्ट है?

सीता : ओहो मैं भी भ्रान्ति में पड़ गई।

राम : अब का सीता-वियोग सर्वथा ही विलक्षण है। पहले तो मुग्धाक्षी का वियोग शत्रु के नष्ट कर देने तक था। जगत् में उस अद्भुत रस वाले वीरों के परस्पर संघर्ष के बाद, वह वियोग तो समाप्त हो गया। तब उपायों के होने के कारण चित्त को सान्त्वना प्राप्त होती रही। वह वियोग कटु होते हुए भी चुपचाप सहन करने योग्य था। परन्तु अब का वियोग अवधि से रहित है, जो कभी समाप्त न होगा।

सीता : पूर्व विरह के बाद मेरा बहुत सम्मान हुआ। परन्तु वर्तमान विरह निरवधि है, यह जान कर मेरा हृदय विदीर्ण होता है।

राम : हाय प्रिये! तुम उस स्थान पर पहुँच गई हो, जहाँ सुग्रीव की मित्रता व्यर्थ है। वानरों का पराक्रम निष्प्रयोजन है। जाम्बवान् की कुशलता निरर्थक है। जहाँ पवनपुत्र की भी गति नहीं। जहाँ विश्वकर्मा का पुत्र नल भी मार्ग नहीं बना सकता और जहाँ लक्ष्मण के बाण नहीं पहुँच सकते।

सीता : पूर्वविरह में मेरा बहुत आदर हुआ।

राम : सखि वासन्ती! अब मित्रों के लिए राम का दर्शन दुःख का ही हेतु है। मैं तुम्हें कब तक रुलाता रहूँगा। तो अब मुझे जाने की अनुमति प्रदान करो।

सीता : *(उद्वेग तथा मोह के साथ तमसा को आलिंगन करके)* अब आर्यपुत्र जाने लगे हैं, मैं क्या करूँ!

तमसा : वत्से जानकी! आश्वासन करो, आश्वासन करो। विधि तुम्हारे अनुकूल होगी। चलो, हम दोनों भी कुश-लव के वार्षिक मंगल-कार्यों को सम्पन्न करने के लिए भागीरथी नदी पर जाएँ।

सीता : भगवती! थोड़ा ठहरो, मैं प्रियतम को एक बार फिर देख लूँ, उसका दर्शन फिर दुर्लभ हो जाएगा।

राम : मुझे अश्वमेध यज्ञ के अनुष्ठान के लिए भी अब शीघ्र वापिस पहुँचना है। उस यज्ञ में मेरी सहधर्मचारिणी भी होगी।

सीता : *(कटाक्ष के साथ)* आर्यपुत्र, वह कौन है?

वासन्ती : क्या, आपने पुनर्विवाह कर लिया है?

राम : नहीं-नहीं। सीता की सुवर्ण-प्रतिमा ही मेरी सहधर्मचारिणी होगी।

सीता : *(दीर्घ श्वास लेते हुए, आँसुओं के साथ)* आर्यपुत्र, अब तुम अपने वास्तविक स्वरूप में हो। तुमने यह कह कर मेरे हृदय का काँटा निकाल दिया।

राम : उस स्वर्ण-प्रतिमा में ही, जा कर, अपनी आँखों को तृप्त करता हूँ।

सीता : धन्य है वह, जो इस तरह आर्यपुत्र द्वारा बहुत सम्मानित की जा रही है। धन्य है वह, जो आर्यपुत्र को इस तरह धारण करती हुई जीव-लोक की आशा का आधार बन गई है।

तमसा : *(मुस्कराते हुए, स्नेह सहित आलिंगन करके)* इस तरह अपनी ही स्तुति कर रही हो।

सीता : *(लज्जा सहित)* तुमने मेरा उपहास किया।

वासन्ती : आपका यही समागम हमारी प्रसन्नता का हेतु बना है। जाने के सम्बन्ध में, जैसे भी कार्य की हानि न हो, वैसे ही आप कीजिए।

राम : ऐसा ही उचित है।

सीता : वासन्ती ही मेरे प्रतिकूल हो गई।

तमसा : वत्से, चलो चलें।

सीता : ऐसा ही करें।

तमसा : तुमसे इस जगह को छोड़ कर जाना कैसे हो सकेगा। तुम्हारी आँखें तो प्रियतम में गड़ी हुई हैं। वे सतृष्ण भाव से एकटक उसे देख रही हैं। उनका सन्निकर्ष अति कठोर प्रयत्नों से ही रोका जा सकता है।

सीता : पुण्यात्मा लोगों से दर्शनीय आर्यपुत्र के चरण-कमलों में मेरा नमस्कार है। *(मूर्च्छित हो जाती है।)*

तमसा : वत्से आश्वासन करो।

सीता : *(आश्वस्त हो कर)* कब तक बादलों के ढकने से पूर्ण चन्द्रमा का दर्शन रोका जा सकता है?

तमसा : आश्चर्य का विषय है कि एक करुण रस ही निमित्त भेद से भिन्न

हो कर पृथक्-पृथक् शृंगार आदि रसों का रूप धारण कर लेता है, जैसे जल-तत्व एक होता हुआ भी तरंग, बुद्बुद और आवर्त के रूपों को धारण करता है।

राम : विमानराज, इधर आइए।

[सब उठते हैं।]

तमसा और वासन्ती : *(क्रमशः सीता तथा राम के प्रति)* माता पृथ्वी, हमारे साथ गंगादेवी, वह कुलपति महर्षि वाल्मीकि जो सर्वप्रथम छन्द का प्रयोग करने वाले हैं और अरुन्धती सहित गुरु वसिष्ठ, ये सब तुम्हें प्रचुर मंगल प्रदान करें।

[सब बाहर चले जाते हैं।]

[तृतीय अंक समाप्त]

चतुर्थ अंक

[दो तपस्वी प्रवेश करते हैं।]

प्रथम : सौधातकि! देखो तो, आज वाल्मीकि महर्षि के आश्रम में कितनी चहल-पहल है। कितने ही अतिथि लोग आए हुए हैं। उनका सत्कार किस सुन्दर रूप में सम्पन्न किया जा रहा है। देखो न इधर, वह तपोवन-मृग किस प्रकार अपनी सद्यः प्रसूता प्रिया के पीने के बाद बचे हुए मधुर तथा उष्ण नीवारौदन के मण्ड को यथेच्छ रूप से खा रहा है। इधर देखो, कर्कन्धू फल से मिश्रित शाक की सुगन्धि कैसे फैल रही है—साथ ही घी से छौंके हुए भात का परिमल भी कैसा मीठा लग रहा है?

सौधातकि : इन लम्बी दाढ़ी वाले वृद्ध तपोधनों का स्वागत है। इनके कारण हमें अनाध्याय तो प्राप्त हुआ।

प्रथम : *(हँस कर)* सौधातकि, अभी इन गुरुओं का सम्मान अपूर्ण ही है।

सौधातकि : दण्डायन, भला यह कौन है बूढ़ा अतिथि जो अभी बड़े स्त्रियों के समूह के साथ यहाँ पहुँचा है?

दण्डायन : हँसी को रोको। यह भगवान् वसिष्ठ हैं, जो ऋृष्यशृंग के आश्रम से अरुन्धती तथा महाराज दशरथ की पत्नियों को साथ ले कर यहां पधारे हैं। वृथालाप मत करो।

सौधातकि : हैं, वसिष्ठ?

दण्डायन : और क्या?

सौधातकि : मैंने समझा था कि यह कोई शेर आया है?

दण्डायन : अरे, क्या कहा?

सौधातकि : और क्या? देखो न, इनके आने के साथ ही बेचारी कपिला गाय मड़मड़ा कर चिल्लाने लगी।

दण्डायन : शास्त्र का विधान है कि अभ्यागत को, आने पर, माँस सहित मधुपर्क प्रस्तुत करना चाहिए। अतएव गृहमेधी लोग श्रोत्रिय-अतिथि के आने पर वत्सतरी अथवा महोक्ष को पकाते हैं। धर्म-सूत्रकार आपस्तम्ब आदि इसे धर्म बतलाते हैं।

सौधातकि : नहीं, तुम पकड़े गए।

दण्डायन : कैसे?

सौधातकि : वसिष्ठ जी के आने पर तो वत्सतरी को मारा गया। परन्तु आज ही जब राजर्षि जनक यहाँ पहुँचे, तब भगवान् वाल्मीकि ने केवल दधि और मधु द्वारा ही मधुपर्क तैयार किया। वत्सतरी को तो छोड़ दिया।

दण्डायन : अनिवृत्तमाँस अतिथियों के लिए ही समांस मधुपर्क का विधान है राजर्षि जनक तो निवृत्तमांस हैं।

सौधातकि : राजर्षि जनक निवृत्तमांस कब से हुए?

दण्डायन : जब से उन्होंने अपनी पुत्री सीता के दारुण परित्याग का समाचार सुना, तब से वे वानप्रस्थी हो गए और आज कितने ही वर्ष व्यतीत हो गए हैं, उनको चन्द्रद्वीप के तपोवन में घोर तपस्या करते हुए।

सौधातकि : तो यहाँ क्योंकर आए हैं?

दण्डायन : अपने पुराने प्रिय मित्र भगवान् वाल्मीकि को मिलने के लिए।

सौधातकि : क्या उनकी भेंट अपनी सम्बन्धिनी कौसल्या आदि से भी हुई है?

दण्डायन : अभी भगवान् वसिष्ठ ने देवी कौसल्या के पास भगवती अरुन्धती को भेजा है कि वह स्वयं महाराज जनक को मिलने के लिए जाएँ।

सौधातकि : जैसे ये बूढ़े लोग परस्पर मिल कर आनन्द मना रहे हैं, वैसे चलो, हम बालक भी मिल कर अनध्याय-महोत्सव को, खेलते हुए मनाएँ।

दण्डायन : यह राजा जनक वाल्मीकि और वसिष्ठ के साथ आश्रम के बाहर वृक्ष के नीचे बैठे हुए हैं। इनका हृदय सीता के वियोग के कारण नित्य भभकती हुई शोकाग्नि से इस तरह सन्तप्त हो रहा है जैसे सूखा वृक्ष अन्दर फैलती हुई अग्नि से जलता है।

[दोनों निकल जाते हैं।]

[तब जनक प्रवेश करते हैं।]

जनक : मेरी पुत्री के साथ वह जो घोर अत्याचार हुआ उस हृदय को छलनी करने वाले, तीव्र व्यथा पहुँचाने वाले तथा निरन्तर बढ़ने वाले अन्याय से तीक्ष्ण होता हुआ मेरा शोक आज भी शान्त नहीं होता, अपितु आरे की तरह मेरे मर्मस्थलों को काटता हुआ धारावाही रूप में बढ़ता चला जा रहा है।

यद्यपि मेरा शरीर जराजीर्ण हो चुका है। दुःसह दुःख तथा उपवास एवं चन्द्रायणादि घोर तपस्या से शोषित हो चुका है और इसके सब धातु क्षीण हो चुके हैं तथापि यह अब तक मृत्यु को प्राप्त नहीं होता। वे अन्धतामिश्र असुर्य नाम के लोक हैं, जहाँ पर मर कर वे लोग पहुंचते हैं, जो आत्महत्या करते हैं, ऐसा ऋषि लोग मानते हैं। अनेक

वर्ष बीतने के बाद भी मेरा दारुण दुःख-वेग प्रतिक्षण सीता का चिन्तन करने के कारण, विशद प्रकाश वाला सर्वथा नवीन दुःख के समान आज भी हरा-भरा है। हे माता पृथ्वी! तुम्हारी सृष्टि की रचना ऐसी ही थी कि लज्जावश स्वच्छन्दतापूर्वक क्रन्दन तक नहीं किया जा सकता।

हा पुत्रि! शैशव काल के तुम्हारे उस मुख-कमल को मैं स्मरण करता हूँ, जिसमें कभी मुस्कराहट और कभी रोदन होता था, जिसमें कुड्मल-सदृश कोमल दन्तावलि अति सुन्दर प्रतीत होती थी और जिसकी आभा तोतली वाणी के अस्फुट एवं सम्बद्ध शब्दों के कारण अति मंजुल दिखाई देती थी।

भगवती वसुन्धरे! सचमुच वज्रमयी हो जिस देवी की अलौकिक महिमा को तुम स्वयं जानती थीं एवं अग्नि देवता, मुनि लोग, भगवती अरुन्धती, गंगा तथा रघुओं के कुलगुरु भगवान् भास्कर भी जानते थे, जिसे तुमने, वाणी ने जैसे विद्या को जन्म दिया, उस अपनी पुत्री की विशुद्धि प्रमाणित हो जाने के बाद भी उस तरह का निर्दयतापूर्वक विनाश, हे दारुण मातः! तुमने किस तरह सहन किया?

(नेपथ्य से) इधर आइए भगवती और महादेवियो!

जनक : महाराज दशरथ के कंचुकी गृष्टि द्वारा मार्ग दिखाई जाती हुई यह भगवती अरुन्धती चली आ रही है *(उठ कर)* परन्तु यह महादेवी कौन होगी? *(देख कर)* हा-हा, यह तो महाराज दशरथ की धर्मपत्नी, मेरी प्रियसखी कौसल्या है। कौन विश्वास करेगा कि यह वही है। यह दशरथ के घर में ऐसी थी जैसे लक्ष्मी। उपमा-सादृश्य से क्या, यह तो साक्षात् लक्ष्मी थी। कष्ट है, आज वह दैववश से कुछ और ही हो गई है। प्राणियों का यह कैसा दुःखान्तक परिणाम होता है। जो प्रिय सखी कौसल्या पहले मेरे लिए मूर्तिमान महोत्सव होती थी, उसी का दर्शन आज जले पर नमक के समान हो रहा है।

[अरुन्धती, कौसल्या तथा कंचुकी प्रवेश करते हैं।]

अरुन्धती : आपके कुलगुरु का आदेश है कि महाराज जनक के पास स्वयं जा कर उनका दर्शन करो इसलिए मुझे भेजा गया है। तो यह क्यों पद-पद पर महान् सन्देह प्रकट कर रही हो?

कंचुकी : देवी! मैं भी कहता हूँ अपने को सँभालो और चल कर भगवान् वसिष्ठ की आज्ञा का पालन करो।

कौसल्या : ऐसे समय में मुझे मिथिलाधिप का दर्शन करना होगा, हाय! एक साथ ही सब दुःख मेरे पर टूट रहे हैं। मेरा हृदय ही उन्मूलित हुआ जा रहा है—मैं उसे कैसे सँभालूँ?

अरुन्धती : इसमें क्या सन्देह है? सम्बन्धियों के वियोग से उत्पन्न होने वाले मनुष्यों के दुःख अविछिन्न रूप से बहते हुए भी प्रियजन के देखने पर दुःसह हो जाते हैं और सहस्त्रों स्त्रोतों में फूट कर बहने लगते हैं।

कौसल्या : बहू के इस प्रकार वन में परित्याग करने के बाद उसके पिता राजर्षि जनक को मैं किस तरह अपना मुँह दिखाऊँगी।

अरुन्धती : यह है आपके श्लाध्य सम्बन्धी जनक-कुल-प्रदीप विदेहराज, जिन्हें महर्षि याज्ञवल्क्य ने ब्रह्म विद्या का उपदेश दिया था।

कौसल्या : यह हैं महाराज के हृदयनिर्विशेष, प्यारी बहू के पिता सीरध्वज विदेहराज। मुझे वे विवाह-मंगल के पुण्य दिन स्मरण हो आए हैं। हा देव! वह सब कुछ अब नहीं रहा।

जनक : *(पास जाकर)* भगवती अरुन्धति! सीरध्वज वैदेह अभिवादन करता है।

जिस आपसे पूर्व गुरुओं के भी गुरु, पवित्र तेज के निधि, भगवान् वसिष्ठ अपने को पुनीत मानते हैं ऐसी त्रिलोकी की मंगल-रूप जगद्वन्दनीया, उषादेवी के सदृश आपको मैं नतमस्तक हो कर प्रणाम करता हूँ।

अरुन्धती : तुम्हारी अनश्वर ज्योति सदा प्रकाशमान रहे। यह सूर्य भगवान्, जो तमस् से परे ज्योतिर्मय है, वह तुम्हें पवित्र करे।

जनक : आर्य गृष्टि! प्रजापालक श्रीराम की माता तो कुशलतापूर्वक हैं?

कंचुकी : *(दिल में)* सर्वथा अति निष्ठुर रूप से उपालम्भ दिया है। *(प्रकट रूप में)* राजर्षे, इसी कारण जिस देवी ने क्रोधवश रामभद्र को देखना भी देर से छोड़ दिया है, उस अति दुखियारी कौसल्या माता को ऐसा कह कर अधिक दुःखी न करो। श्रीराम का भी अति दुर्भाग्य है जो नगरवासियों ने भीषण किंवदन्तियों को फैलाना शुरू कर दिया। उन्होंने दूर स्थित लंका में की गई अग्नि-शुद्धि पर भी विश्वास न किया। अतएव रामभद्र को वह दारुण कार्य करना पड़ा।

जनक : *(रोष के साथ)* आः—, यह अग्नि कौन है मेरी सन्तति को शुद्ध करने वाली? अग्नि-शुद्धि पर अविश्वास करने वाले नगरवासियों के इस अपमानजनक व्यवहार से हमारा हृदय और भी छलनी-छलनी हो रहा है।

अरुन्धती : *(ठण्डी साँस ले कर)* ऐसा ही है। 'अग्नि' ये अक्षर ही 'सीता' अक्षरों के सम्मुख सर्वथा हीन हैं। सीता की पवित्रता के सम्मुख अग्नि की क्या स्थिति? हा वत्से! तुम मेरी शिष्या और पुत्री कुछ भी थीं, तुम्हारी परमविशुद्धता के लिए मेरे हृदय में दृढ़ आस्था थी। चाहे तुम शिशु

हो या स्त्री, जगत् की तुम वन्दनीया थीं। गुणियों में गुण पूजा का स्थान होते हैं, जटा, उपवीतादि चिन्ह तथा आयु आदर का विषय नहीं होते।

कौसल्या : वेदनाएँ मेरे हृदय को उन्मूलित कर रही हैं। *(मूर्च्छित हो जाती है।)*

जनक : हाय, यह क्या?

अरुन्धती : राजर्षे, और क्या?

वह राजा, वह सुख, वे शिशुजन और वे बीते हुए दिन—वे सब आज आप इष्टबन्धु के दर्शन पर स्मृति में फिर आविर्भूत हो गए हैं। इस घोर अवस्था में आपकी सखी के हृदय में क्या विप्लव उठ रहा है यह वही जानती है। स्त्रियों का चित्त तो फूल के समान अति कोमल होता है।

जनक : हाय, मैं कितना क्रूर हूँ जो इतनी देर के बाद देखी हुई मित्र की पत्नी को इस उपेक्षा से देख रहा हूँ।

वह महाराज दशरथ मेरे लिए क्या नहीं थे; वे मेरे श्लाध्य सम्बन्धी थे, प्रिय सुहृद थे, मेरे हृदय थे, साक्षात् आनन्द थे। मेरे जीवन का सम्पूर्ण फल थे, मेरा शरीर थे, मेरी आत्मा थे और उससे भी अधिक मेरे भगवान् थे—वे मेरे लिए क्या नहीं थे? हाय, क्या यह वही कौसल्या है?

इसमें और इसके पति में जो भी गूढ़ मन्त्रणा होती थी, मैं दोनों पति-पत्नी के उपालम्भ का विषय बनता। दोनों परस्पर कलह का निर्णय मेरे से कराते थे। इन दोनों की प्रसन्नता व क्रोध मेरे ही अधीन होता था। परन्तु अब इनके स्मरण से क्या? ये सब स्मृतियाँ मेरे हृदय को घेर कर भस्मसात् कर रही हैं।

अरुन्धती : हाय, कौसल्या देवी का हृदय तो श्वासों के रुक जाने के कारण स्पन्दन-शून्य-सा प्रतीत हो रहा है।

जनक : हा प्रिय सखि! *(कमण्डल से पानी लेकर कौसल्या पर छिड़कता है।)*

कंचुकी : हाय विधाता! मित्र की तरह तुमने पहले सुखप्रद, एकरस अनुकूलता को प्रकट किया, फिर अचानक ही निर्दयता एवं दारुणता को दिखा कर इस प्रकार असह्य पीड़ा का हमें शिकार बनाया।

कौसल्या : *(होश में आ कर)* हा वत्से जानकी! तुम कहाँ हो? मैं तुम्हारे विवाहकालीन मुग्ध मुख-मण्डल को स्मरण कर रही हूँ, जो कमल के समान संफुल्ल था और जो उदीयमान चन्द्रिका के सदृश लावण्यमय था। मेरी पुत्रि! आओ, मेरी गोद को सुशोभित करो। महाराज दशरथ सदा कहा करते थे कि जानकी रघुकुल के महान् पुरुषों की पुत्रवधू होगी—हमारी तो वह पुत्री है।

कंचुकी : देवी ने ठीक कहा है। महाराज दशरथ की चार सन्तानें थीं—परन्तु उन सबमें श्रीराम उन्हें प्रियतम थे। चारों बहुओं में भी उन्हें और कोई पुत्री इतनी प्रिय न थी जितनी सीता।

जनक : हा प्रिय मित्र दशरथ! तुम सब प्रकार से हमारे हृदय को जीतने वाले थे। तुम्हें किस तरह भुलाया जा सकता है?
कन्या-पक्ष के लोग प्रायः दामाद-पक्ष के लोगों की पूजा तथा शुश्रूषा करते हैं। परन्तु हमारे परस्पर सम्बन्ध में यह सब उलटा ही था। तुम्हारा मेरे प्रति विशेष सम्मान और आदर था। काल-भगवान् तुम्हारा अपहरण करके चले गए। परस्पर सम्बन्ध की बीजभूत उस पुत्री को भी लेकर वह चले गए। मैं अकेला ही अब इस घोर नरकमय जीव-लोक में बच रहा हूँ। धिक्कार है मेरे जीने को!

कौसल्या : पुत्री जानकी! मैं क्या करूँ? मुझ अभागिनी के प्राण भी नहीं छूटते—मानो वज्रकीलों-से मेरे में वे गड़ गए हों।

अरुन्धती : रानी, आश्वासन करो। बीच-बीच में आँसुओं को रोकना ही चाहिए। और तुम्हें स्मरण नहीं जो तुम्हारे कुलगुरु ने ऋष्यशृंग मुनि के आश्रम में कहा था; "भावी हो कर रहेगी, परन्तु अन्त में सब कल्याण ही होगा।"

कौसल्या : मेरे मनोरथों की पूर्ति की अब कहाँ सम्भावना।

अरुन्धती : राजपत्नी, तुम क्या समझती हो वह मिथ्या वचन था? क्षत्रिये! तुम्हें ऐसा नहीं मानना चाहिए। जिन ब्रह्मर्षियों को परम ज्योति का आविर्भाव हो चुका है उनके वचनों में तुम्हें कभी संदेह नहीं होना चाहिए। इनकी वाणी में शुभलक्ष्मी निहित होती है। ये कोई भी ऐसा वचन नहीं बोलते, जो अर्थहीन हो।

[नेपथ्य में कोलाहल—सब सुनते हैं।]

जनक : अरे, यह तो शिष्टजन के समागम पर अनध्याय मनाते हुए और जी भर कर खेलते हुए छात्रों का कोलाहल है।

कौसल्या : बचपन खेलने के लिए ही होता है। *(देखकर)*
अरे, इनके बीच में यह कौन बालक है जो रामभद्र-सदृश सुकुमार मुग्ध एवं ललित अंगों द्वारा हमारी आँखों को शीतल कर रहा है!

अरुन्धती : *(दिल में—हर्ष तथा उत्कण्ठा के साथ)* यह भागीरथी से बतलाया हुआ, कर्णों के लिए अमृत-रूप रहस्य प्रतीत होता है। परन्तु यह नहीं ज्ञात हो रहा कि यह कुश तथा लव में कौन-सा भाई है?
(प्रकट रूप में) अरे, यह कौन मेरी आँखों में एकदम अमृत-लेप-सा कर रहा है; कैसा यह सुन्दर बालक है, जिसका वर्ण कमल-पत्र के समान श्याम है, जिसके सिर पर काक-पक्ष शोभामान है, जो अपनी

पुण्यलक्ष्मी से सब बालकों में परम तेजस्वी दिखाई दे रहा है? ऐसा प्रतीत होता है कि वत्स रघुनंन्दन ही फिर शिशु बन कर अवतीर्ण हुआ है।

कंचुकी : निश्चय से यह बालक क्षत्रिय ब्रह्मचारी है।

जनक : ऐसा ही है। देखो, इसकी पीठ पर दोनों तरफ तरकस लटके हुए हैं, जिनमें बाणों के कंकपत्र परस्पर सटे हुए हैं। इसकी छाती पर ऐणेय मृग का चर्म है, जिस पंर भस्ममय पवित्र लांछन है। इसका मजीठे रंग का अधोवस्त्र मौर्वी-मेखला द्वारा बँधा हुआ है। इसके एक हाथ में धनुष और जयमाला है, तथा दूसरे में अश्वत्थ दण्ड है। भगवती अरुन्धति! क्या समझती हो यह बालक कहाँ का है?

अरुन्धती : हम तो आज ही यहाँ पहुँचे हैं।

जनक : आर्य गृष्टि, मुझे बहुत उत्कण्ठा है। भगवान् वाल्मीकि के पास जाओ और पूछो। इस बालक को भी कहो कि ये कुछ वृद्ध पुरुष तुझे देखना चाहते हैं।

कंचुकी : जैसे आपकी आज्ञा। *(निकल जाता है।)*

कौसल्या : क्या समझते हो? ऐसा कहने पर वह आ जाएगा या नहीं?

जनक : अन्यथा ऐसी अलौकिक आकृति का आचरण सर्वथा विपरीत होगा।

कौसल्या : *(देख कर)* वह तो गृष्टि के वचनों को सविनय श्रवण करके, अन्य सब बालकों को छोड़ कर इधर चला आ रहा है।

जनक : *(देर तक देख कर)* इस बालक में विनय से शीतल एवं मुग्धता से मसृण, अद्भुत महिमातिशय है जो सूक्ष्मदर्शियों से ही ग्रहण करने योग्य है, दूसरों से नहीं। यह बालक मेरे सुस्थिर चित्त को भी इस तरह अपनी तरफ आकर्षित कर रहा है, जैसे छोटा-सा चुम्बक का टुकड़ा लोह-पिण्ड को खींच लेता है।

लव : *(प्रवेश करके)* इन पूजनीय वृद्धों को मैं किस क्रम से नमस्कार करूँ! *(सोच कर)* हाँ, यह एक प्रकार सार्वत्रिक रूप से स्वीकार किया जाता है। *(सविनय, सिर झुका कर)* लव का यह शिरोऽभिवादन आप सबको अर्पित है।

अरुन्धती-जनक : पुत्र, चिरंजीव रहो।

कौसल्या : पुत्र आयुष्मान् होओ।

अरुन्धती : इधर आओ, बच्चे! *(लव को गोद में लेकर, दिल में)* सौभाग्य से न केवल मेरी गोद, अपितु चिर अभिलाषा भी आज पूर्ण हुई।

कौसल्या : इधर भी आओ न। *(गोद में लेकर)* न केवल यह अपने अधखिले कमल-सदृश कोमल एवं उज्ज्वल शरीर से रामभद्र का अनुकरण कर रहा है, अपितु इसका स्वर भी उसी तरह कलहंस-मधुर है। इसके

शरीर का स्पर्श रामभद्र के स्पर्श के समान हृदय को शीतल करने वाला है। पुत्र, आओ तुम्हारा मुख-कमल देखूँ। *(ठोड़ी ऊपर उठा कर, देख कर—आँसू बहा कर)* राजर्षे, आप देखते नहीं, इसका मुख तो बहू सीता के मुखचन्द्र से बिल्कुल मिलता-जुलता है।

जनक : सखि, देखता हूँ, देखता हूँ।

कौसल्या : मेरा हृदय तो सम्भ्रान्त हो कर न मालूम किस असम्भव दिशा में प्रवृत्त हो रहा है।

जनक : इस बच्चे में सीता और राम की अनुकृति स्पष्ट अभिव्यक्त हो रही है। ऐसा प्रतीत होता है कि यह उन दोनों का प्रतिबिम्ब ही है। बिल्कुल उन जैसी आकृति है, उन जैसी द्युति है। वाणी भी वैसी है, विनय भी वैसी है—इसका सहज पुण्यानुभाव भी बिल्कुल उन जैसा है। हा देवी सीते! मेरा मन चंचल हो कर उन्मार्ग में भागा चला जा रहा है।

कौसल्या : पुत्र! तुम्हारी माता कौन है? पिता को भी स्मरण करते हो?

लव : नहीं।

कौसल्या : तो तू किसका है?

लव : सुगृहीतनामधेय भगवान् वाल्मीकि का।

कौसल्या : कुछ अधिक बताओ न।

लव : मैं तो इतना ही जानता हूँ।

(नेपथ्य में)

हे-हे सैनिकों, यह कुमार चन्द्रकेतु आज्ञा देता है कि कोई आश्रम की भूमि पर आक्रमण करने की चेष्टा न करे।

अरुन्धती-जनक : अरे, यह तो यज्ञिय अश्व की रक्षा करता हुआ वत्स चन्द्रकेतु यहाँ पहुँचा है। कैसा शुभ दिन है—बच्चे से अकस्मात् ही भेंट हो गई।

कौसल्या : कैसे प्यारे शब्द हैं कि वत्स लक्ष्मण का पुत्र चन्द्रकेतु आज्ञा देता है—मानो अमृत-रस बह रहा हो।

लव : यह चन्द्रकेतु कौन है?

जनक : दशरथ के पुत्र—राम-लक्ष्मण को जानते हो?

लव : वही न, जो रामायण की कथा के नायक हैं?

जनक : हाँ वही।

लव : उन्हें तो मैं अच्छी तरह जानता हूँ।

जनक : उसी लक्ष्मण का यह आत्मज-चन्द्रकेतु है।

लव : अच्छा-अच्छा, तो यह मिथिला-पति राजर्षि जनक का दोहता और उर्मिला का पुत्र हुआ।

अरुन्धती : ठीक, बिल्कुल ठीक। तुम तो रामायण की कथा में बड़े प्रवीण हो।

जनक : *(सोच कर)* यदि तुम कथा में इतने प्रवीण हो तो बतलाओ। देखें कितना जानते हो। कहो, दशरथ के पुत्रों को किन-किन पत्नियों से कौन-कौन-सी सन्तान हुई और उनके क्या-क्या नाम हैं?

लव : रामायण-कथा का यह भाग हमने या किसी और ने अभी तक नहीं सुना।

जनक : क्या कवि ने उसकी रचना भी नहीं की?

लव : रचना तो कर ली है, परन्तु उसका प्रकाशन नहीं किया। कथा का एक अंश उन्होंने सरस दृश्यकाव्य-रूप में अभिनय के लिए तैयार किया है, जिसे भरतमुनि के तौर्यत्रिक सूत्रधार को अर्पित कर दिया गया है।

जनक : वह किसलिए?

लव : वह भगवान् भरतमुनि अप्सराओं द्वारा इस अभिनय का प्रयोग कराएँगे।

जनक : यह सब हमें समझ में आ गया।

लव : भगवान् वाल्मीकि की भरतमुनि में महती आस्था है। उन्होंने कुछ छात्रों के हाथ वह पुस्तक भरत के आश्रम में भेज दी है। उनके साथ मेरा भाई भी धनुष-बाण ले कर मार्ग में विघ्न-बाधा से रक्षा करने के लिए गया है।

कौसल्या : पुत्र, तुम्हारा भाई भी है?

लव : है, आर्य कुश नाम से।

कौसल्या : बड़ा भाई होगा।

लव : जी, बड़ा। जन्म के क्रम से वह मेरे से बड़ा ही है।

जनक : क्या तुम युगल भ्राता हो?

लव : जी।

जनक : अच्छा बतलाओ, उस कथा का तुम्हें कहाँ तक ज्ञान है?

लव : मिथ्या लोकापवाद से सम्भ्रान्त हुए राजा से निर्वासित की हुई गर्भवती माता सीता को जंगल में अकेला छोड़ कर लक्ष्मण वापिस आ गया—यहाँ तक।

कौसल्या : हा मुग्धमुखि वत्से! तुम अकेली के कुसुम-सदृश कोमल शरीर के साथ उस जंगल में क्या बीता होगा!

जनक : हा वत्से! तुमने उस अपने अपमान को, घोर वन में तथा प्रसूति-काल की व्यथा को प्राप्त करके, हिंसक प्राणियों से घिर जाने पर संत्रस्त होते हुए, शरण के लिए मुझे अनेक बार स्मरण किया होगा।

लव : आर्ये, ये दोनों कौन हैं?

अरुन्धती : यह कौसल्या है और यह जनक है।

[बहुत सम्मान, खेद तथा कौतूहल से दोनों को देखता है।]

जनक : हाय, अयोध्यावासियों की इतनी दुष्टता और निर्दयता! रामभद्र ने भी इतनी जल्दबाजी से लोकापवाद को स्वीकार कर लिया।
मेरी पुत्री पर मेरे देखते इतना कठोर वज्रपात हुआ। यह तो समय है मेरे क्रोध के प्रज्वलित होने का। मुझे तो धनुष द्वारा अथवा शाप द्वारा उस राम को तथा उस अपवादिनी प्रजा को समाप्त कर देना चाहिए था।

कौसल्या : *(भय के साथ काँपते हुए)* भगवती, रक्षा करो। क्रोधाविष्ट राजर्षि को शान्त करो।

लव : यह क्रोध तो मनस्वी क्षत्रियों के अपमान का एकमात्र प्रायश्चित है।

अरुन्धती : हे राजन्, राम तो तुम्हारा ही पुत्र है। बेचारी प्रजा का सदा पालन करना ही राजा का कर्तव्य है।

जनक : अच्छा, दोनों धनुष तथा शाप शान्त ही रहें। रघुनन्दन सचमुच मेरे ही पुत्र-रत्न हैं और बेचारी प्रजा पर क्या क्रोध-जिसमें ब्राह्मण, बालक, वृद्ध, रोगी तथा अबलाएँ ही अधिकता से होती हैं।

[कुछ सम्भ्रान्त बालक प्रवेश करते हैं।]

कुमार, कुमार घोड़ा नाम का जानवर जो नगरों में प्रायः सुना जाता है, उसे हमने अभी आँखों से प्रत्यक्ष किया है।

लव : घोड़ा, इसका परिगणन पशु-वर्ग में तथा युद्ध-वर्ग में किया जाता है। बताओ तो वह कैसा है?

बालक : अरे, सुनो—
उसके पीछे एक बड़ी पूँछ है जिसे वह निरन्तर हिलाता रहता है। उसकी गर्दन बड़ी लम्बी है। खुर उसके चार ही हैं। घास खाता है। आम की गुठली जितनी लीद को बिखेरता जाता है। परन्तु इस व्याख्या से क्या; वह देखो, वह तो दूर-दूर चला जा रहा है। आओ-आओ हम चलें।

[इस तरह लव को वस्त्र तथा हाथों से पकड़ कर खींच कर ले जाते हैं।]

लव : *(हर्ष, बलात्कार तथा विनय का प्रदर्शन करते हुए)* पूज्य पुरुषो! देखिए, इनसे खींचे लिया जा रहा हूँ। *(इस तरह जल्दी से निकल जाता है।)*

अरुन्धती : बच्चा कितना प्रसन्न हो रहा है।

कौसल्या : इन सब वनवासी बच्चों के सुन्दर रूप तथा आलापों से हम मन्त्रमुग्ध-से हो गए। मैं तो उसकी राम से सदृशता पर विचार करती हुई उसके पूर्ण दर्शन से वंचित ही रह गई। तो यहाँ से हट कर दूसरी तरफ से उस भागते हुए चिरंजीव बालक को देखें।

अरुन्धती : वह चंचल बालक तो बड़े वेग से कहीं दूर निकल गया, अब कैसे दिखाई देगा।

कंचुकी : *(प्रवेश करके)* भगवान् वाल्मीकि का सन्देश है कि आपको इस अवसर पर कुछ निवेदन करना है।

जनक : कोई गम्भीर वक्तव्य प्रतीत होता है। भगवती अरुन्धती, सखि कौसल्या, आर्य गृष्टि! चलो, हम सब स्वयं जा कर भगवान् वाल्मीकि का दर्शन करें।

[सब वृद्धजन चले जाते हैं।]

बालक : *(प्रवेश करके)* कुमार, इस अद्‌भुत प्राणी को देखो।

लव : देखा और समझ लिया। अरे यह तो अश्वमेध यज्ञ में छोड़ा हुआ घोड़ा है।

बालक : तुमने यह कैसा जाना?

लव : अरे मूर्खो, तुमने भी तो वह काण्ड पढ़ा ही है। क्या देखते नहीं हो, इस घोड़े के साथ रक्षा करने के लिए, सौ कवच पहने हुए योद्धा हैं, सौ दण्डी हैं और तरकस बाँधे हुए धनुर्धारी हैं। कुछ ऐसे ही अन्य योद्धा भी साथ हैं। यदि तुम्हें सन्देह है तो पूछ लो।

बालक : हे-हे राजपुरुषो! किस प्रयोजन से यह घोड़ा तुमसे घिरा हुआ फिर रहा है?

लव : *(स्पृहा के साथ दिल में)* अश्वमेध यज्ञ तो विश्व-विजयी क्षत्रियों की ऊर्जस्विता, सर्वोपरि तेज तथा उत्कर्ष का प्रतीक है।

[नेपथ्य में]

यह जो घोड़ा है, यह विजय-पताका तथा यह वीर सिंहनाद—यह सब सातों लोकों में अद्वितीय वीर, रावण-कुल का संहार करने वाले श्रीराम के हैं।

लव : *(अभिमान के साथ)* ये वचन तो अत्यन्त अपमानजनक हैं।

बालक : क्या कहा, अपमानजनक हैं? आप तो बुद्धिमान् हैं।

लव : अरे राजपुरुषो? क्या पृथिवी क्षत्रियों से शून्य हो गई है, जो इस तरह घोषणा कर रहे हो?

[नेपथ्य में]

अरे, महाराज रामचन्द्र जी के सम्मुख कौन क्षत्रिय है?

लव : धिक्कार है तुम वृथालाप करने वालों को! क्यों नहीं हैं ऐसे क्षत्रिय? अभी क्षत्रिय बाकी हैं। यह डरावा कैसा? अच्छा अधिक बोलने से क्या, लो मैं तुम्हारी इस विजय-पताका को हर कर ले जाता हूँ। हे बालको! इन्हें घेर लो और पत्थर मार कर घोड़े को ले चलो। यह हमारे आश्रम के बीच में हरिणों के साथ विचरण करेगा।

[प्रवेश करके क्रोध के साथ]

पुरुष : अरे चंचल बालक, यह तुमने क्या कहा? हमारे तीक्ष्ण शस्त्र, बालक की गर्वपूर्ण वाणी को सहन नहीं कर सकते। राजकुमार चन्द्रकेतु तुम्हारी तरह ही गर्वपूर्ण हैं। वह पीछे किसी सुन्दर वन-प्रदेश को देखने के लिए रुक गए हैं। जब तक वे यहाँ नहीं पहुँचते, तुम इन वृक्षों की झुरपुट से जल्दी ही खिसक जाओ।

बालक : छोड़ो-छोड़ो कुमार इस घोड़े को। सैनिक लोग धनुष की प्रत्यंचा बजा-बजा कर हमें डरा रहे हैं। आश्रम है भी यहाँ से दूर। तो आओ, हरिण की छलाँगों से हम भाग चलें।

लव : क्या सैनिक लोग धनुष्टंकार से हमें भयभीत करना चाहते हैं?

[अपने धनुष की प्रत्यंचा खोलते हुए]

यह लो मेरा धनुष भी काल के रूप को धारण करे। काल के समान अपनी प्रत्यंचा की जीभ से, अपनी उत्कट कोटि की दाढ़ों से, अपने घोर घर्घर घोष से तथा संसार को हड़पने के लिए उद्यत यमराज के सदृश मुख से यह मेरा धनुष अपने भीषण चमत्कार को प्रदर्शित करे।

[इस तरह यथोचित प्रदर्शन कर के सब चले जाते हैं।]

[चतुर्थ अंक समाप्त]

पंचम अंक

[नेपथ्य में]

हे-हे सैनिकों, हमारा सहारा हो गया।

यह देखो, हमारे युद्ध का समाचार सुन कर, सुमन्त्र द्वारा हाँके गए वेगवान् घोड़ों के रथ से, निम्नोन्नत स्थानों पर विचलित हुई विजय-पताका के साथ कुमार चन्द्रकेतु हमारी रक्षा के लिए चले आ रहे हैं।

[तब सुमन्त्र सारथि सहित रथ द्वारा हाथ में धनुष पकड़े हुए हर्ष तथा विस्मय के साथ चन्द्रकेतु प्रवेश करते हैं।]

चन्द्रकेतु : आर्य सुमन्त्र, देखो-देखो!

यह कोई वीर कुमार युद्ध में हमारी सेनाओं पर तीरों की अविरल वर्षा कर रहा है। इसका मुख क्रोध से कैसा लाल हो रहा है? देखो, निरन्तर धनुष की डोरी चढ़ाने से इसके सिर पर हिलता हुआ जूड़ा कैसा शोभायमान हो रहा है।

देखो-देखो, कितना आश्चर्य है कि अकेला ही यह मुनिकुमार सहस्त्र हाथियों के कपोलों को अपने तीरों से छेदता हुआ, क्रोध से धनुष की घोर टंकार करता हुआ हमारी सेना में ऐसा भीषण अग्निकाण्ड उपस्थित कर रहा है। यह तो मानो, हमारे इक्ष्वाकु-वंश के नाम को ही मिट्टी में मिलाने चला है।

सुमन्त्र : आयुष्मान्, इस बच्चे के अतिमानव रूप को देख कर मुझे विश्वामित्र के यज्ञ में सुबाहु आदि राक्षसों को मारने के लिए, धनुष धारण किए हुए बाल रघुनन्दन का स्मरण आ रहा है।

चन्द्रकेतु : मुझे तो यह देख कर लज्जा आ रही है कि हमारे सहस्त्रों सैनिक अकेले मुनिकुमार का मुकाबला कर रहे हैं।

देखो न, हमारी सेनाएँ किस तरह हाथों में जटिल शस्त्रों को धारण किए हुई, झन-झन करते रथों पर भागती हुई तथा हाथियों की घटा को आगे बढ़ाती हुई, अकेले मुनिकुमार को घेर कर खड़ी है।

सुमन्त्र : वत्स, ये सब मिल कर भी इस बालक के लिए पर्याप्त नहीं हैं। अलग-अलग का तो क्या कहना।

चन्द्रकेतु : आर्य, जल्दी चलो, जल्दी चलो। इसने तो हमारी सेना का बड़ा संहार आरम्भ कर दिया है। यह देखो, यह वीर तो गर्जते हुए हाथियों के कानों में, अपनी प्रत्यंचा के तुमुल घोष से शूल उत्पन्न करता हुआ, दुन्दुभि-नाद के बीच में, सारी युद्ध-भूमि को कटे हुए शिरःकपालों से आस्तीर्ण कर रहा है और उन्हें महाकराल काल के मुख में ग्रास रूप में उपस्थित कर रहा है।

सुमन्त्र : *(दिल में)* मैं इस प्रियदर्शन बालक के साथ द्वन्द्वयुद्ध करने के लिए चन्द्रकेतु को कैसे अनुमति दूँ? *(सोच कर)* अथवा, हम इक्ष्वाकु-कुल के वृद्ध पुरुष हैं। सिर पर युद्ध आ जाने पर, अब चारा भी क्या है?

चन्द्रकेतु : *(विस्मय, लज्जा तथा व्याकुलता के साथ)* हाय, धिक्कार! मेरी सेनाएँ मुँह फेर कर सब तरफ भागी जा रही हैं!

सुमन्त्र : *(रथ को अधिक वेग से चला कर के)* आयुष्मान्, यह लीजिए, यह वीर अब आपकी वाणी का विषय बन गया है।

चन्द्रकेतु : *(कुछ भूलते हुए)* आर्य, उस वीर का क्या नाम पुकारा गया है?

सुमन्त्र : 'लव'—यह नाम।

चन्द्रकेतु : हे-हे महाबालु लव, इन सैनिकों से तुम्हें क्या? यह मैं आ गया हूँ। मेरे सामने आओ। तुम्हारा तेज मेरे पर ही शान्त हो।

सुमन्त्र : कुमार! देखो-देखो...

तुमसे बुलाया हुआ यह क्षत्रियकुमार, सेना के संहार से रुक गया है, जैसे गर्वित सिंह-शावक बादल की गर्जना सुन कर हाथियों के संहार से रुक जाता है।

[तब धीरोद्धत भाव से पराक्रम प्रदर्शित करता हुआ, लव प्रवेश करता है।]

लव : राजपुत्र! तुम्हारा अभिनन्दन करता हूँ। तुम इक्ष्वाकु-कुल-प्रदीप हो। इसी लिए शीघ्र ही तुम्हारे बुलाने पर उपस्थित हो गया हूँ।

[नेपथ्य में बड़ा शोर होता है।]

लव : *(गर्व से घूम कर)* अरे, हार कर भागे हुए सैनिक फिर वापिस आकर मुझे घेरना चाहते हैं। धिक्कार है तुम कायरों को! यह तुम्हारा उमड़ता हुआ सेना-समूह क्षुब्ध समुद्र के वड़वानल के समान प्रचण्ड मेरे क्रोध की अग्नि का ग्रास बने। यह तुम्हारा चारों तरफ उठता हुआ तुमुल कोलाहल प्रलय-कालीन समुद्र-प्रवाह के समान मेरे कोपानल में लीन हो जाए।

[वेग के साथ घूमता है।]

चन्द्रकेतु : हे-हे कुमार! तुम इस अत्यद्‌भुत गुणातिशय से मेरे प्रिय हो। तुम

मेरे सखा हो। जो कुछ मेरा है, तुम्हारा है, तो क्यों तुम अपने ही बन्धुओं पर अग्नि-वर्षा कर रहे हो। तुम्हारे स्वाभिमान की परीक्षा की कसौटी—मैं स्वयं चन्द्रकेतु तुम्हारे सम्मुख उपस्थित हूँ।

लव : *(हर्ष तथा शीघ्रता से घूम कर)* अरे, इस सूर्यवंशी तेजस्वी राजकुमार की वाणी कितनी वीरता-भरी, कर्कश परन्तु मधुर है। तो इन छोटे योद्धाओं से क्या, इसी एक शूरवीर से लोहा लेता हूँ!

[नेपथ्य में फिर कोलाहल होता है।]

लव : *(क्रोध तथा विरक्ति के साथ)* अरे, इन दुष्ट योद्धाओं ने अब तक इस शूरवीर के साथ टक्कर लेने में विघ्न ही डाला। *(चन्द्रकेतु की तरफ बढ़ना आरम्भ करता है।)*

चन्द्रकेतु : आर्य, इस मनोरम दृश्य को देखिए, यह राजकुमार किस प्रकार गर्व से मेरे पर दृष्टिपात कर रहा है। पीछे-पीछे इसके सेना चली आ रही है। मेरे तथा सेना के बीच में धनुष उठा कर खड़ा हुआ यह वीर इस तरह शोभा दे रहा है, जैसे वर्षाकाल का बादल वायु से चंचल बनाया हुआ इन्द्रधनुष के साथ शोभा देता है।

सुमन्त्र : आप ही हैं, जो इस तेजस्वी कुमार को देख सकते हैं। मैं तो सर्वथा आश्चर्य से चकित ही हो रहा हूँ।

चन्द्रकेतु : रे-रे राजाओ! तुम असंख्य लोगों ने हाथी, घोड़े और रथों पर बैठ कर, इस अकेले पैदल राजकुमार पर आक्रमण किया—धिक्कार है तुम्हें! तुम सब लोगों ने लोहे के कवचों से अपने शरीरों की रक्षा की हुई है, इसने केवल मृगमर्च ओढ़ा हुआ है। तुम सब आयु में इससे कितने बड़े हो। इस बुढ़ापे में तुम्हें विजय-ख्याति की कामना हुई है जो ऐसा विषम युद्ध तुमने इस किशोरावस्था के कुमार से छेड़ रखा है! बारम्बार धिक्कार है तुम्हें! तुम्हारे इस निन्दनीय कार्य से स्वयं हमें भी धिक्कार है!

लव : *(हिंसा-भाव प्रकट करते हैं।)* अरे मुझे दुर्बल समझ कर क्या यह मेरे पर अनुकम्पा दिखा रहा है! *(वेग से विचार करके)* सेनाएँ अभी पीछे चली आ रही हैं, तो समय बचाने के लिए, मैं जृम्भकास्त्र चला कर इन सेनाओं को यहीं खड़ा कर देता हूँ। *(ध्यान का अभिनय करता है।)*

सुमन्त्र : यह क्या? सेना का कोलाहल एकदम बन्द क्यों हो गया?

लव : अच्छा, तो अब इस राजकुमार से निपटता हूँ।

सुमन्त्र : *(व्याकुलता से)* वत्स, ऐसा प्रतीत होता है कि इस कुमार ने जृम्भकास्त्रों का आह्वान किया है।

चन्द्रकेतु : इसमें क्या सन्देह है? देखो न कैसे अन्धकार तथा प्रकाश का भयंकर

मिश्रण है? आँखों को कैसा यह चकाचौंध एवं हतदृष्टि बना रहा है। अरे, हमारी सेना कैसी निस्पन्द तथा चित्रलिखित-सी खड़ी हो गई है। अवश्य ही जृम्भकास्त्र का असह्य प्रभाव सब दिशाओं में फैल रहा है।

देखो, आकाश में जृम्भकास्त्र किस तरह छाए जा रहे हैं। कभी वे पाताल की गुफाओं में पुंजीभूत घोर अन्धकार के समान काले भीषण रूप में प्रकट हो रहे हैं और कभी तपे हुए ताम्बे के सदृश उज्ज्वल ज्योति से देदीप्यमान हो रहे हैं। देखो, ये जृम्भकास्त्र प्रलयकालीन प्रबल वायु से मानो खदेड़े हुए आकाश में इस तरह फैले जा रहे हैं; जैसे विन्ध्याचल के सम्मुख स्थित उतुंग शृंग अपने में लीन बादलों की कड़कती हुई बिजलियों से इस विस्तृत आकाश में गूँजते हुए दिखाई देते हैं।

सुमन्त्र : इन बच्चों को जृम्भकास्त्र कहाँ से प्राप्त हुए होंगे?

चन्द्रकेतु : मैं समझता हूँ, ये भगवान् वाल्मीकि से प्राप्त हुए हैं।

सुमन्त्र : नहीं, जृम्भकास्त्र के सम्बन्ध में ऐसा नहीं हो सकता। इनका जन्म भृशाश्व मुनि से हुआ। उनसे ये विश्वामित्र को प्राप्त हुए। विश्वामित्र ने इन्हें श्रीराम में प्रतिष्ठित किया।

चन्द्रकेतु : परन्तु इन्हें अन्य तपोनिष्ठ मन्त्रद्रष्टा मुनि भी अपने ब्रह्मतेज द्वारा उपार्जित कर सकते हैं।

सुमन्त्र : वत्स! सावधान हो जाओ। यह कुमार युद्ध के लिए तुम्हारे सम्मुख उपस्थित हो गया है।

दोनों कुमार : *(एक-दूसरे के प्रति)* अहो, यह राजकुमार कितने प्रियदर्शन वाला है? *(स्नेह तथा अनुराग से देख कर)* हम दोनों का यह दैवयोग से परस्पर मिलाप हुआ है, परन्तु ऐसा प्रतीत होता है कि हम दोनों का कोई पूर्वजन्म का पुराना परिचय है अथवा आत्मीयता का कोई अज्ञात सम्बन्ध है। इस कुमार के गुणातिशय को देख कर मेरा हृदय परवश हुआ-हुआ खिंचा चला जा रहा है।

सुमन्त्र : प्रायः प्राणियों में अकारण ही किसी की किसी में प्रीति हो जाती है। लोक-व्यवहार यही है कि केवल आँख मिलने से ही अनुराग उत्पन्न हो जाता है। प्रीति वस्तुतः एक अनिर्वचनीय अनुभूति है। यह अहेतुक पक्षपात है, जिसका प्रतिकार असम्भव होता है। यह वह स्नेहात्मक तन्तु है, जो प्राणियों के हृदयों को एक सूत्र में सी देता है।

दोनों कुमार : *(एक-दूसरे के प्रति)* इस कोमल एवं राजकीय वस्त्रों से सुशोभित शरीर पर तीर कैसे फेंके जा सकते हैं। मेरे अंग तो इससे आलिंगन करने की अभिलाषा से रोमांचित हो रहे हैं।

परन्तु, क्षत्रिय-धर्म का पालन करने वाले की शस्त्र-प्रयोग के सिवाय और क्या गति है? वह शस्त्र भी कैसा, जिसे ऐसे वीर का सामना करना न मिले? एक-दूसरे पर अस्त्र उठा लेने के बाद मैं यदि युद्ध-विमुख होता हूँ तो यह क्या कहेगा? वीरों का धर्म अति कठोर है, वह स्नेह का पालन भी नहीं कर सकता।

सुमन्त्र : *(लव को देखकर, आँसू बहाते हुए, दिल* में) हृदय, क्यों चंचल होते हो? और असम्भव कल्पना में क्यों खोए जाते हो? यह सुन्दर कुमार राम का कैसे हो सकता है? विधाता ने मनोरथ के बीज को पहले ही हर लिया था। जब बेल ही कट गई तो उस पर फूलों की कैसी सम्भावना?

चन्द्रकेतु : आर्य सुमन्त्र! मैं रथ से उतरता हूँ।

सुमन्त्र : किसलिए?

चन्द्रकेतु : एक तो ऐसा करने से इस वीर राजकुमार के प्रति मेरा आदर प्रकाशित होगा और दूसरे, क्षत्रिय-धर्म का पालन भी हो जाएगा। शास्त्रों के अनुसार रथारोही को पैदल पर आक्रमण नहीं करना चाहिए।

सुमन्त्र : *(दिल में)* यह तो अति दारुण स्थिति है। मैं इस क्षत्रियोंचित मर्यादा का कैसे प्रतिषेध कर सकता हूँ और इस दुःसाहस की अनुमति भी कैसे दे सकता हूँ।

चन्द्रकेतु : आर्य! आप क्या विचार कर रहे हैं? संशय होने पर पिता जी आपसे परामर्श करते हैं, तो आप मुझे उचित मन्त्रणा क्यों नहीं देते?

सुमन्त्र : वत्स! तुमने धर्म-मर्यादा के अनुकूल ही कथन किया है। यही संग्राम न्यायानुमोदित सनातन धर्म है। यही रघुवंशी वीर योद्धाओं का सच्चरित्र है।

चन्द्रकेतु : आपका यह वचन सर्वथा उपयुक्त है। आप धर्म, इतिहास तथा पुराण के तत्ववेत्ता हैं। आप रघुकुल-मर्यादा के भी विशेष ज्ञाता हैं।

सुमन्त्र : वत्स! इन्द्रजित को जीतने वाले, तुम्हारे पिता के उत्पन्न हुए अभी कितने दिन हुए हैं? मुझे यह देखकर अपार हर्ष होता है कि उसकी सन्तान भी आज क्षत्रिय-धर्म का पालन कर रही है। दशरथ के कुल को इस प्रकार प्रतिष्ठित हुआ देख कर मेरा हृदय फूला नहीं समाता।

चन्द्रकेतु : *(दुःख के साथ)* ज्येष्ठ पिता के अभी तक अप्रतिष्ठित रहने पर हमारे कुल की कैसी प्रतिष्ठा? बाकी तीनों पिता यही चिन्ता करके सदा सन्तप्त रहते हैं।

सुमन्त्र : वत्स! ये तुम्हारे वचन सचमुच हृदय को विदीर्ण करने वाले हैं।

लव : प्रेम तथा वीर रस का यह कोई अद्‌भुत मिश्रण हो रहा है। एक तरफ मेरी दृष्टि इस कुमार को देख कर इस तरह आनन्द-विभोर

हो रही है, जैसे कमलिनी चन्द्रमा को देख कर होती है, दूसरी तरफ मेरी भुजा धनुष के ज्या-चिन्हों से अंकित हुई-हुई, टंकार में प्रीति रखती हुई, इससे युद्ध करने को लालायित हो रही है।

चन्द्रकेतु : *(रथ से उतरते हुए)* आर्य! यह मैं इक्ष्वाकु-वंशीय चन्द्रकेतु आपका अभिवादन करता हूँ।

सुमन्त्र : शत्रु के पराभव के लिए, तुम महा वराहावतार की क्षमता धारण करो। तुम्हारे वंश का गुरु सूर्य भगवान् युद्ध में तुम्हें विजय प्रदान करे। मित्र-वरुण देवताओं का तुम्हें आशीर्वाद प्राप्त हो। इन्द्र, विष्णु, अग्नि, वायु एवं सुपर्ण (गरूड़) का ओज तुम्हें बलवान् बनाए। राम-लक्ष्मण के धनुष का ज्या-घोष तुम्हें विजयी करे।

लव : आप रथ पर बैठे हुए बहुत शोभा देते हैं। अत्यादर दिखाने की आवश्यकता नहीं।

चन्द्रकेतु : तो आप भी किसी रथ पर आरूढ़ हो जाएँ।

लव : आर्य! आप राजकुमार को रथ पर अधिष्ठित कर दीजिए।

सुमन्त्र : आप ही चन्द्रकेतु के अनुरोध को स्वीकार कर लीजिए।

लव : अपने रथ के प्रयोग में क्या आपत्ति हो सकती है। परन्तु हम वनवासियों को रथ पर बैठ कर युद्ध करने का अभ्यास नहीं।

सुमन्त्र : वत्स! तुम स्वाभिमान एवं सौजन्य के सदाचरण को अच्छी तरह जानते हो। यदि इक्ष्वाकु-राजा श्रीराम तुम्हें इस अवस्था में देख लें, तो उनका हृदय प्रवित हो जाए।

लव : हाँ, सुना है कि वह राजा अत्यन्त सहृदय है। *(लज्जा के साथ)* यदि हम वस्तुतः उस महापुरुष के इस तरह प्रेमभाजन हैं, और यदि वे अपने गुणों द्वारा सब प्रजाजनों के इस तरह प्रिय हैं, तो मेरा महाराज की सत्ता का विरोध करना सर्वथा अनुचित है। परन्तु अश्वरक्षकों का इस तरह समस्त क्षत्रियों को निरादर से ललकारना मेरे क्रोध को प्रचण्ड करने का कारण बना। इसीलिए मैंने विरोध करना आरम्भ किया।

चन्द्रकेतु : क्या आपको हमारे पूज्य पिता के प्रतापोत्कर्ष पर भी क्रोध आता है?

लव : वस्तुतः मेरा क्रोध अनुचित है। परन्तु एक बात पूछता हूँ। हमने सुना है कि रघुराज सर्वथा अनहंकार हैं। न वे स्वयं अहंकार करते हैं, न उनकी प्रजा अहंकार करती है। तो उनके ये लोग क्यों राक्षसी वाणी बोल रहे थे?

ऋषियों का कथन है कि राक्षसी वाणी का प्रयोग उन्मत्त लोग करते हैं अथवा दृप्त लोग। यह राक्षसी वाणी सब वैर-भावनाओं की मूल होती है। इससे लोगों में प्रतिशोध की ज्वाला प्रदीप्त होती है। सब

लोग इस वाणी की निन्दा करते हैं और दूसरी वाणी की प्रशंसा करते हैं।

यह दूसरी सूनृता वाणी कामधेनु के समान सब कामनाओं को दुहती है, अलक्ष्मी को दूर करती है, कीर्ति का प्रसार करती है और दुष्ट हृदय वालों की दुष्टता का नाश करती है। यह सुनृता वाणी शुद्ध, शान्त एवं सब मंगलों की जननी होती है।

सुमन्त्र : वाल्मीकि मुनि का यह शिष्य कुमार लव अपने सहज संस्कार-वश, अपमान अनुभव करते हुए, ऐसा क्रोध कर रहा है।

लव : भाई चन्द्रकेतु! तुमने क्या कहा कि मुझे तुम्हारे पूज्य पिता के प्रतापोत्कर्ष पर क्यों क्रोध आता है? मैं पूछता हूँ कि क्या क्षत्रियत्व केवल उन्हीं में ही सीमित हो चुका है?

चन्द्रकेतु : तुम इक्ष्वाकु-कुल-शिरोमणि श्रीराम को नहीं जानते, तभी ऐसी बातें करते हो। अब अधिक विवाद की आवश्यकता नहीं। तुमने हमारे सैनिकों का मुकाबला करके सचमुच ओजस्विता का प्रदर्शन किया है, परन्तु परशुराम के भी विजेता श्रीराम के सम्बन्ध में ऐसा निरर्थक प्रलाप मत करो।

लव : *(हँसते हुए)* वह महाराज परशुराम के भी विजेता हैं, इसमें डींग मारने की क्या बात है? ब्राह्मणों का बल तो केवल वाणी में होता है। बाहुबल तो क्षत्रियों में माना जाता है। यदि ब्राह्मण परशुराम ने शस्त्र ग्रहण कर लिया और उसे तुम्हारे महाराज ने पराजित कर दिया, तो इसमें स्तुति की क्या बात है?

चन्द्रकेतु : *(क्रोध के साथ)* आर्य सुमन्त्र! इस उत्तर-प्रत्युत्तर से बस! यह कोई नया ही अब पुरुषावतार उत्पन्न हुआ है, जिसके लिए भृगुनन्दन परशुराम भी वीर नहीं हैं। यह तो पूज्य पिता जी के पावन चरित्र को भी तुच्छ मानता है, जिससे सातों भुवनों को अभय-दान प्राप्त हुआ है।

लव : कौन रघुपति के चरित्र व महिमा को नहीं जानता, तुमने कुछ और बतलाना है? वृद्धों के चरित्र पर विचार नहीं करना ही अच्छा है, हाँ, सब कोई जानता है कि ताड़का के मारने में श्रीराम ने कितनी वीरता दिखाई थी और संसार में कितना यश कमाया था? खर-दूषण से युद्ध करते हुए, कितनी कुशलता से उन्होंने अपने पग पीछे हटा लिए थे? बालि का वध करते समय भी उन्होंने जो निपुणता दिखाई थी उससे भी सब लोग परिचित हैं।

चन्द्रकेतु : अरे, पिता की निन्दा करने वाले! तुम तो मर्यादा का उल्लंघन करने लग गए हो, तुम छोटे मुँह बड़ी बातें कर रहे हो!

लव : अरे, मेरी ओर भृकुटी तान कर क्यों देखते हो?

सुमन्त्र : दोनों का क्रोध प्रदीप्त हो गया है। क्रोध के कारण दोनों के केश चंचल हो रहे हैं और समस्त शरीर काँप रहा है। आँखें रक्त कमल-पत्र के समान लाल हो रही हैं। भृकुटियों के तन जाने से दोनों के मुख लांछन सहित चन्द्रमा तथा भ्रमर-चुम्बित कमल की कान्ति को धारण कर रहे हैं।

लव : कुमार, कुमार! आओ-आओ! युद्ध-भूमि में उतर कर निर्णय करते हैं।

[सब चले जाते हैं।]

[पंचम अंक समाप्त]

षष्ठ अंक

[विमान द्वारा विद्याधर तथा विद्याधरी का प्रवेश]

विद्याधर : इन दोनों सूर्य-कुल-कुमारों का देवताओं तथा असुरों को भी उद्भ्रान्त कर देने वाला यह कैसा अद्भुत युद्ध चल रहा है? बाल-कलह से ही दोनों प्रचण्ड हो उठे हैं। और अपने क्षत्रियत्व का परिचय दे रहे हैं। परस्पर क्रोध के कारण इनके मुख-मण्डल की आभा कैसी उदीप्त हो रही है?

देखो, प्रिये, देखो! इन दोनों शूरवीरों का कैसा भीषण एवं विचित्र संग्राम चल रहा है? इनके धनुषों की प्रत्यंचा का कैसा कराल कोलाहल उत्पन्न हो रहा है? प्रत्यंचा के साथ बँधी हुई किकिंणियों की कैसी मधुर झंकार हो रही है। देखो, ये दोनों राजकुमार कैसी अविरल-धारा में बाण-वर्षा कर रहे हैं? देखो, दोनों कुमारों के मंगल-सम्पादन के लिए ही मानो मेघ की गम्भीर गर्जना के समान दुन्दुभि का मंगल-नाद आरम्भ हो गया है।

तो इन दोनों शूरवीर बालकों पर स्वर्ण-कमलों से युक्त, कल्प-वृक्ष के मणि-मुकुलों से सुशोभित, मकरन्द-सुन्दर पुष्पों की वर्षा करो।

विद्याधरी : आकाश में यह क्या प्रचण्ड विद्युत् का-सा तीव्र प्रकाश दिखाई दे रहा है, जिससे आँखें चुंधिया-सी रही हैं।

विद्याधर : यह क्या होगा? क्या विश्वकर्मा के शाण-चक्र पर घूमते हुए प्रचण्ड मार्तण्ड का यह प्रकाश है अथवा त्रिनेत्र भगवान् रुद्र की ललाटस्थ चक्षु की यह असह्य ज्योति है।

अच्छा, समझा! क्रोध से विक्षुब्ध हुए चन्द्रकेतु ने वह आग्नेयास्त्र चलाया है। वही अग्नि-वर्षा कर रहा है। यह देखो, विमानों की ध्वजाएँ तथा चँवर अग्नि से जले जा रहे हैं। नवकिंशुक पुष्पों के सदृश लाल-लाल ये ज्वालाएँ ध्वजाओं के अंशुकों को किस तीव्रता से भस्म किए जा रही हैं। देखो, अग्नि की प्रचण्डता कैसी बढ़ती जा रही है? वज्र के विस्फोट के समान कितना भीषण शब्द उठ रहा है।

सर्वसंहार करती हुई ज्वालाएँ नागिन की तरह जीभें निकाल कर समस्त दिशाओं को चाटती हुई चली जा रही हैं। तो मैं अपनी प्रिया को वस्त्र से ढँक कर दूर ले जाता हूँ।

[वैसा करता है।]

विद्याधरी : नाथ के शीतल स्पर्श द्वारा मेरा विक्षुब्ध मन अब कुछ शान्त हो रहा है और स्नेहानन्द के कारण मेरे हृदय का सन्ताप दूर हो गया है।

विद्याधर : प्रिये! मैंने क्या किया है? प्रिय जन तो कुछ न करता हुआ भी सुख से दुःखों को तिरोहित कर देता है। प्रेमी का स्नेहार्द्र हृदय एक अनोखा द्रव्य है, जिसके महत्व को प्रेमिका का हृदय ही जानता है।

विद्याधरी : यह क्या अब तो आकाश में मयूर-कण्ठ के सदृश काले-काले बादल उमड़ते हुए दिखाई दे रहे हैं। देखो, इनमें बिजली कितनी चंचलता से नृत्य कर रही है।

विद्याधर : अरे, यह तो कुमार ने वारुणास्त्र चला दिया है। उसी के प्रभाव से यह देखो, आग्नेयास्त्र शान्त हो गया है। बादलों की निरन्तर जलधाराएँ, देखो, किस तीव्रता से अग्नि-स्फुलिंगों को बुझाती चली जा रही हैं।

विद्याधरी : अच्छा हुआ, अच्छा हुआ।

विद्याधर : अच्छा कैसे हुआ? देखो न, कैसे भयंकर काले-काले बादल उमड़ते चले आ रहे हैं? कैसा घोर अन्धकार आकाश में छा गया है? विकराल काल मानो विश्व निगलने के लिए मुँह बाए खड़ा है। ऐसा प्रतीत होता है कि समस्त प्राणी प्रलय-काल में संहारोद्यत रुद्रदेव के उदर में प्रविष्ट हुए चले जा रहे हैं।

शाबास चन्द्रकेतु, शाबास! तुमने उचित समय पर वायव्य अस्त्र का प्रयोग कर दिया। इस अस्त्र से आकाश में घोर घन-घटाओं का इस तरह विलोप हो गया, जैसे विद्या द्वारा निर्विशेष सन्मात्र कूटस्थ चेतन ब्रह्म में सब नामरूपात्मक विवर्तों का विलय हो जाता है।

विद्याधरी : नाथ! यह कौन है जो इन दोनों के बीच में अपने विमान को उतार कर अपने उत्तरीयांचल को हिलाते हुए मधुर, स्निग्ध वाणी द्वारा दोनों राजकुमारों को युद्ध बन्द करने की प्रेरणा दे रहा है?

विद्याधर : *(देख करके)* अरे यह तो भगवान् राम हैं जो शम्बूक का वध करके वापिस आए हैं। यह देखो राजकुमार लव ने महापुरुष के शान्त वचनों को सुन कर आदरवश अपने अस्त्र का उपसंहार कर लिया है। यह देखो, राजकुमार चन्द्रकेतु उनके चरणों में प्रणाम करने के लिए अपना मस्तक नम्रता से नीचे झुका रहा है। पुत्रों के पुनर्मिलन से महाराज का कल्याण हो। तो चलो, अब इधर चलें।

[दोनों चले जाते हैं।]

[तब राम प्रविष्ट होते हैं–प्रणाम करते हुए लव तथा चन्द्रकेतु भी।]

राम : *(पुष्पक विमान से उतरते हुए)* हे सूर्य-कुल-चन्द्र चन्द्रकेतु! जल्दी इधर आओ और मुझे आलिंगन करो। तुम्हारे अंगों के शीतल स्पर्श से मेरे चित्त का दाह शान्त हो। *(उठा कर और स्नहेपूर्वक आलिंगन करके)* क्या तुम्हारे नूतन दिव्य अस्त्र कुशलपूर्वक तो हैं न? इनके द्वारा युद्ध में तुम्हारी विजय निश्चित है।

चन्द्रकेतु : भगवन्, सब कुशल है, विशेषतया इस अद्‌भुत प्रियवयस्य के लाभ से। इसे पा कर मेरा महान् अभ्युदय हो गया है। मैं प्रार्थना करता हूँ, आप इस साहसी वीर का भी स्नेह-सान्द्र दृष्टि से अभिनन्दन करें।

राम : *(लव को देख कर)* इसकी तो तुम्हारे जैसी ही मधुर तथा मनमोहनी आकृति है। ऐसा प्रतीत होता है कि त्रिलोकी की रक्षा के लिए अस्त्रवेद साक्षात् शरीर धारण करके आया हुआ है। मानो ब्रह्माण्ड के परित्राण के लिए मूर्तिमान क्षात्र धर्म उपस्थित हो गया है। यह कोई शक्ति का पुंज एवं गुणों की राशि–तेजस्वी राजकुमार दिखाई देता है। यह तुम्हारा वयस्य जगत् के पुण्य-संचय का प्रत्यक्ष स्वरूप है।

लव : *(दिल में)* इस महानुभाव के दर्शन कितने मंगलकारी हैं? देखने मात्र से हृदय में भक्ति का उद्रेक उत्पन्न होता है। महापुरुष साक्षात् धर्म के अवतार दिखाई देते हैं।

आश्चर्य है, इनके दर्शन से ही हम दोनों का विरोध शान्त हो गया है। आनन्द से सान्द्र-रस अमृत हो रहा है। हम दोनों की उद्धतता समाप्त हो गई है। नम्रता से मेरा मस्तक इस महापुरुष के सम्मुख झुका चला जा रहा है। न मालूम क्यों इस महापुरुष के दर्शनमात्र से मैं अपने को परवश-सा अनुभव कर रहा हूँ। सच है महापुरुषों का पावन दर्शन तीर्थ के समान आत्मा को पवित्र तथा पाप रहित करने वाला होता है।

राम : यह कुमार मेरे अन्तरतम के दुःख को विश्रान्त कर रहा है और न मालूम किस कारण अपने स्नेह-पाश में मुझे बाँधता ही चला जा रहा है। अथवा स्नेह का कारण सापेक्ष होना आवश्यक नहीं। कोई आन्तरिक हेतु ही दो हृदयों को परस्पर स्नेह संसिद्ध करता है। बाह्य कारणों पर प्रीतियाँ आश्रित नहीं होतीं। सूर्य के उदय होने पर कमल स्वयं प्रफुल्लित हो जाता है, चन्द्रमा के शीतल स्पर्श से चन्द्रकान्त मणि स्वयं द्रवित हो जाती है।

लव : चन्द्रकेतु! ये महानुभाव कौन हैं?

चन्द्रकेतु : प्रियवयस्य! ये मेरे पूज्यपाद पिता हैं।

लव : तो मेरे भी धर्म से पूज्य पिता हुए क्योंकि तुमने मुझे प्रियवयस्य कहा

है। परन्तु रामायण-कथा में चार पुरुष 'पूज्यपाद पिता' नाम से कहे जाते हैं। विशेष रूप में बतलाओ कि ये चारों में कौन-से पिता हैं।

चन्द्रकेतु : ज्येष्ठ पिता हैं।

लव : *(उल्लास के साथ)* क्या ये रघुनाथ हैं? मेरा अहोभाग्य है कि आज इनके पुण्य दर्शन प्राप्त हुए। *(विनयपूर्वक सिर झुका कर)* भगवन्! मैं वाल्मीकि-शिष्य आपको नमस्कार कहता हूँ।

राम : आयुष्मान्, आओ-आओ। *(स्नेह से आलिंगन करके)* वत्स, इस अति विनय से बस। आओ दृढ़ता से मेरे अंगों से आलिंगन करो। तुम्हारा यह शीतल स्पर्श चन्द्रमा की ज्योत्स्ना एवं चन्दन की रसधारा के सदृश मेरे सन्तप्त हृदय को शान्त कर रहा है। विकसित पद्म के समान यह स्पर्श कितना सुकोमल एवं मधुर प्रतीत हो रहा है।

लव : *(दिल में)* इनका मेरे प्रति कैसा अकारण स्नेह हैं? मैंने अनजाने ही, इनके साथ द्रोह करते हुए शस्त्र ग्रहण किया। *(प्रकट रूप में)* पूज्य पिता! आप मेरे मूर्खतावश किए गए अपराध को क्षमा कीजिए।

राम : वत्स, तुमने कौन-सा अपराध किया है?

चन्द्रकेतु : अश्वमेधीय घोड़े के रक्षकों द्वारा आपके प्रताप की चर्चा सुन कर, इसने वीरता का प्रदर्शन किया है।

राम : वीरता ही क्षत्रियों का सच्चा भूषण है। तेजस्वी पुरुष दूसरों के फैलते हुए तेज को सहन नहीं कर सकता। ऐसा उसका स्वभाव ही होता है, जो सर्वथा अकृत्रिम एवं आनुषंगिक ही है। जब सूर्य अनवरत रूप में किरणों द्वारा लावा उगलता है, क्या सूर्यकान्त मणि उसे सहन न करता हुआ अग्नि को नहीं उगलता?

चन्द्रकेतु : इस वीर युवक का क्रोध भी शोभा देता है। आप देखिए तो सही, इस वीर द्वारा प्रयुक्त किए जृम्भकास्त्र से हमारी सब सेनाएँ सम्मिलित हो कर खड़ी हो गई हैं।

राम : *(विस्मय तथा खेद से देखकर—दिल में)* क्या वत्स का इतना प्रभाव है? *(प्रकट रूप में)* वत्स, अपने अस्त्र का उपसंहार कर लो। चन्द्रकेतु, तुम भी स्तम्भित होने के कारण निश्चेष्ट हुई अपनी सेनाओं को जा कर सान्त्वना प्रदान करो।

[लव ध्यान द्वारा अस्त्र का उपसंहार करता है।]

चन्द्रकेतु : जैसी आप की आज्ञा। *(निकल जाता है।)*

लव : पिता, अस्त्र शान्त हो गया।

राम : ये रहस्यपूर्ण जृम्भकास्त्र सौभाग्य से इस वत्स को भी सिद्ध हुए हैं। इन अस्त्रों का सर्वप्रथम साक्षात्कार अपने ही तपोमय तेज के रूप में, ब्रह्मादि प्राचीन गुरुओं ने सहस्त्रों वर्ष तपस्या करने के बाद, ब्रह्महित

के लिए किया था। इस अस्त्र-मन्त्रमयी उपनिषद का व्याख्यान महर्षि कृशाश्व ने, सहस्त्रों वर्ष सेवा में निरत अपने प्रिय शिष्य कौशिक के लिए किया। भगवान् कौशिक ने उसका व्याख्यान मुझे किया है, यही अस्त्र-संक्रमण की परम्परा है। पर मैं पूछता हूँ कि कुमार को इनकी प्राप्ति कैसे हुई?

लव : हम दोनों को ये अस्त्र स्वतः प्राप्त हुए हैं।

राम : *(सोच कर)* क्या सम्भव नहीं? विपुल पुण्यों के परिणाम-स्वरूप इनका प्रादुर्भाव किसी में हो सकता है? परन्तु 'हम दोनों' का क्या मतलब है!

लव : हम दो युगल भाई हैं?

राम : तो वह दूसरा कौन है?

[नेपथ्य में]

दण्डायन! क्या कहा तुमने कि आयुष्मान् लव का राजा की सेना के साथ युद्ध चल रहा है? आज 'राजा' शब्द ही संसार से उठ जाएगा। आज क्षत्रिय जाति के शस्त्रों की अग्नि सर्वथा शान्त हो जाएगी।

राम : यह कौन है, इन्द्रनील मणि की शोभा वाला जो इधर आ रहा है? अपनी मधुर वाणी से ही मेरे सब अंगों को यह पुलकित कर रहा है। मेघ की गम्भीर गर्जना से उन्मेष को प्राप्त हुए कमल-कुड्मल के समान, मेरा रोम-रोम इस बालक को देख कर प्रेमरस-परिपूर्ण हो रहा है।

लव : यही मेरा बड़ा भाई आर्य कुश है, जो अभी भरत मुनि के आश्रम से वापिस आ रहा है।

राम : *(कौतुक के साथ)* तो वत्स! इधर ही बुलाओ आयुष्मान् को।

लव : जैसी आपकी आज्ञा। *(निकल जाता है।)*

[तब कुश प्रवेश करता है।]

कुश : *(क्रोध के साथ धनुष को खींच कर)* आज मेरा अहोभाग्य है कि मेरे धनुष की प्रत्यंचा सूर्यवंशी राजाओं के प्रदीप्त अस्त्रों की तीक्ष्ण रश्मियों का साक्षात्कार करेंगी। सुना है कि इन सूर्यवंशी क्षत्रियों ने अपने प्रताप से देवराज इन्द्र को भी अभयदान दिया हुआ है और मनु से यमराज तक—अभिमानी राजाओं के अभिमान का दमन किया है।

[अभिमानपूर्वक घूमता है।]

राम : इस बालक में कितना अद्भुत आत्माभिमान है? इसकी दृष्टि समस्त जगत् को तुच्छता की बुद्धि से देख रही है? इसकी धीर एवं उद्धत गति धरती को ही मानो झुकाए चली जा रही है। इस कुमार अवस्था

में भी पर्वत के समान गुरुता को यह बालक प्रदर्शित कर रहा है। साक्षात् वीर रस क्रोध का प्रचण्ड रूप धारण कर के चला आ रहा है।

लव : *(समीप आ कर)* जय हो आर्य की।

कुश : आयुष्मान! यह कैसी युद्ध की बात है?

लव : हाँ कुछ थी। परन्तु अब आप अभिमान छोड़ कर विनम्र भाव को ग्रहण करें।

कुश : क्यों?

लव : क्योंकि यहाँ देव रघुनन्दन विराजमान हैं, वही जो रामायण की कथा के नायक हैं और ब्रह्माणु के गोप्ता हैं।

कुश : इस महापुरुष के पुण्य दर्शन सर्वथा अभिनन्दनीय हैं परन्तु मैं सोचता हूँ कि इसका अभिवादन हमें किस रूप में करना चाहिए।

लव : उसी रूप में जैसे गुरु वाल्मीकि का।

कुश : यह क्यों कर?

लव : उर्मिला के पुत्र चन्द्रकेतु ने अति सौहार्द भाव से मुझे अपना प्रियवयस्य कहा है। उसी सम्बन्ध से यह राजर्षि हमारा धर्म-पिता है।

कुश : तब तो इस महापुरुष के प्रति विनय-प्रर्दशन उचित ही है।

[दोनों आगे जाते हैं।]

लव : आप इस महापुरुष को देखिए! आकार, अनुभाव, गम्भीरता से ही इसके लोकोत्तर चरित्र का परिचय प्राप्त होता है।

कुश : *(देख कर)* सचमुच; आकार कितना सौम्य है, अनुभव कितना पावन है। रामायण-प्रणेता कवि वाल्मीकि ने उचित स्थान पर ही अपनी वाणी का प्रयोग किया है। पूज्य महानुभाव मैं वाल्मीकि-शिष्य कुश आपका अभिवादन करता हूँ।

राम : आओ-आओ चिरंजीव! अमृतपूर्ण मेघ के सदृश तेरे गात्र का आलिंगन करने के लिए मेरा मन उत्कण्ठित हो रहा है। *(आलिंगन करके दिल में)* कैसा सरस स्पर्श है इस बालक का! ऐसा प्रतीत होता है कि इसके अंग-प्रत्यंग से स्नेह प्रस्त्रवित हो रहा है। मानो वह स्नेह चेतन रूप धारण करके इस बालक के आकार में प्रादुर्भूत हो गया है। इससे किया गाढ़ आलिंगन मेरे हृदय को आनन्द से सान्द्र करता हुआ शीतल अनुभूति को उत्पन्न कर रहा है।

लव : यह मध्यान्ह-सूर्य हमारे सिर पर तपने लग गया है। आइए, आप इस साल वृक्ष की छाया में क्षण भर विश्राम कर लीजिए।

राम : जैसा वत्स को रुचिकर लगे।

[सब जा कर यथोचित रूप में बैठ जाते हैं।]

राम : *(अपने दिल में)* अति विनम्र होने पर भी इन दोनों का उठना, बैठना, चलना इत्यादि चक्रवर्ती राजाओं के लक्षणों से युक्त है। इनके शरीर से फूटते हुए राजसी चिन्ह इनके लावण्य को द्विगुणित कर रहे हैं। जैसे निष्कलंक चन्द्रमा की रश्मियाँ उसकी शोभा को द्विगुणित करती हैं अथवा विकसित कमल के मकरन्द-बिन्दु उसकी कान्ति को समृद्ध करते हैं।

इन दोनों में मुझे रघुकुल-कुमारों के अनेक चिन्ह दिखाई दे रहे हैं। इनके शरीर कपोत-कण्ठ के समान नील वर्ण के हैं, कन्धे बैलों के कन्धों के समान उन्नत हैं, दृष्टि सिंह-सदृश गर्वमयी है और इनकी ध्वनि मंगल-मृदंग के समान मांसल हैं। *(सूक्ष्मता से देख कर)* न केवल हमारे वंश से ही इनकी आकृति मिलती है, अपितु इस शिशु-युगल में जनकसुता का सादृश्य भी स्पष्ट दृष्टिगोचर हो रहा है। इनको देख कर मेरी आँखों के सम्मुख प्रिया का कमल-सुन्दर वदन उपस्थित हो जाता है। इनके दाँतों की छवि सीता के सर्वथा समान है। वैसे ही ओष्ठ-मुद्रा है, वैसे ही कर्णपाश हैं। आँखें यद्यपि कुछ अधिक लाल और नीली हैं तथापि उनका सौन्दर्य सीता-सदृश ही है। *(सोच कर)* यह वही वाल्मीकि मुनि से अधिष्ठित वन है, जहाँ सीता को छोड़ा गया था। इन बालकों की आकृति सीता-सदृश है। सीता-परित्याग को बारह वर्ष बीत चुके हैं, इनकी आयु भी उतनी ही है। इनका लावण्य प्रिया वाला है, इन्हें जृम्भकास्त्र स्वतः प्रकाश हुए हैं—ये उन्हीं संस्कारों का प्रभाव है जो गर्भावस्था में चित्र देखते समय सीता के मन पर अंकित हुए थे। जृम्भकास्त्र तो हमने पूर्वजों से सुना है कि बिना गुरु के उपदेश से किसी को संक्रान्त नहीं होते। फिर इन्हें ये कैसे प्राप्त हुए, यह कुछ समझ में नहीं आता। ये दोनों युगल भाई हैं, यह कुछ अपने पर ही घटता है। सीतादेवी के गर्भ पर दो जीवों का स्पष्ट चिन्ह दिखाई देता था। *(आँसू पोंछ कर)* जब हम दोनों का परस्पर प्रेम पराकाष्ठा तक पहुँच गया था, तब एकान्त में विश्वासपूर्वक बैठी हुई, लज्जा से अवनत नयनों वाली सीता के गर्भ पर कर-स्पर्श द्वारा पहले मैंने पता लगाया था कि युगल पुत्र होने वाले हैं—सीता ने तो कुछ दिनों के बाद इस बात का अनुभव भी किया था।

(रोते हुए) तो, इन दोनों से किस प्रकार पूछूँ?

लव : महानुभाव, यह क्या? आपका जग-मंगलकारी मुख आँसुओं से आर्द्र क्यों हो गया है? ओस से सिंचे हुए कमल-फूल की दशा को यह तुम्हारा मुख क्यों धारण कर रहा है?

कुश : प्रिय भाई! यह क्या पूछते हो? सीतादेवी के बिना रघुपति के लिए क्या दुःखकारी नहीं है? प्रिया का नाश हो जाने पर सारा संसार ही सूने जंगल के समान हो जाता है। दोनों में कितना सच्चा प्रेम था? अब इन दोनों का वियोग भी सीमा रहित है! तुम तो ऐसी बातें पूछते हो कि मानो कि तुमने रामायण कभी पढ़ी ही न हो।

राम : *(दिल में)* अरे, भाषण तो तटस्थ है। इससे कुछ पूछना निष्प्रयोजन होगा। मूर्ख हृदय! तुम निष्कारण ही दुर्लभ विषय की प्राप्ति के लिए मनोरथ कर रहे हो! इस तरह हृदय का आवेग प्रकट करने से बालक द्वारा भी दया का पात्र बनाया गया हूँ। अस्तु, अपने आवेग को छिपाता हूँ। *(प्रकट रूप से)* वत्स! "रामायण, भगवान् वाल्मीकि की सरस्वती का प्रवाह है और सूर्यवंश के चरित्र का कीर्तन है" ऐसा सुना जाता है, इस कारण कुछ कुतूहल से सुनने की इच्छा करता हूँ।

कुश : हाँ, हम लोगों ने सम्पूर्ण ग्रन्थ का अभ्यास किया है। इस समय बालचरित के ये दो श्लोक स्मरण में उपस्थित हैं।

राम : वत्स कहो।

प्रकृति से ही प्यारी थी, राघव को जो सीता
स्वगुणों से अधिक प्यारी, बनी गुणवती सीता॥
राम को भी सीता थी, प्राणों से अधिक प्रिय।
परस्पर प्रीति को उनका, जानता केवल हिय॥

राम : हाय, यह तो हृदय पर घोर वज्राघात के सदृश है देवि! सचमुच ऐसा ही था। परन्तु संसार के वियोग तथा स्मरण मात्र में अवशिष्ट रह जाने वाले, ऐसे ही दारुण परिणाम हैं।

वह परस्पर अत्यधिक स्नेह से सना हुआ अपरिमेय आनन्द कहाँ? वह परस्पर का अनुराग और लीलाएँ कहाँ? वह सुख और दुःख में अभिन्न रहने वाली हृदय की एकता कहाँ? तो भी पापपूर्ण यह प्राणवायु चल रहा है और रुकता नहीं।

हाय कष्ट है!

मुझे उस समय का स्मरण करा दिया गया है, जब प्रिया के सहस्त्रों गुणों का क्रमशः विकास हो रहा था। यह स्मरण कितना दुःसह हो रहा है!

उस समय प्रिया का तारुण्य अग्रसर हो रहा था। मृगनयनी के स्तन-युगल यौवन के साथ प्रतिदिन पीन हो रहे थे। कामदेव आयु की वृद्धि के साथ-साथ मुग्धा के शरीर में शनैः-शनै प्रवेश करता जाता था और प्रकट रूप में अपने प्रभाव को अंग-प्रत्यंग में दिखा रहा था।

कुश : चित्रकूट पर्वत के मार्ग में, गंगाजल में क्रीड़ा करती हुई सीता को उद्देश्य करके रघुनाथ का यह एक श्लोक है–

स्थापित यह तेरे लिए, शिलादेवी सुविस्तृता।
केसर वृक्ष है कर रहा, जिसको निरन्तर पुष्पिता॥

राम : *(लज्जा, स्मित, वात्सल्य एवं करुणा के साथ)* ये दोनों बालक कितने भोले-भाले हैं। जंगल में रहने के कारण निर्लेप हैं। हा देवी! क्या उस समय के एकान्त प्रणय को भी तुम स्मरण करती हो? तुम्हारा मुख श्रम से उत्पन्न स्वेद कणों से भरा हुआ था। गंगा की मन्द-मन्द शीतल समीर से तुम्हारे चंचल अलक चन्द्रमा की कान्ति वाले ललाट पर गिर रहे थे। भूषण के बिना भी सुन्दर कर्णपाशों से तुम्हारा उज्ज्वल कपोलों वाला आनन, दिव्य आभा से प्रदीप्त हो रहा था और मैं सतृष्ण नयनों से उसे निरन्तर देखता ही जाता था।

(स्तम्भित की तरह होकर, शोक के साथ) ओह! प्रियजन के प्रवास में, मनुष्य कल्पना द्वारा उसकी मूर्ति को बना कर और उसका ध्यान करके अपने मन को सान्त्वना व आश्वासन दे लेता है परन्तु प्रियतमा पत्नी के लोकान्तरित हो जाने पर, उसके लिए समस्त जगत् ही जीर्ण अरण्य के समान हो जाता है और उसका हृदय तुषानल की राशि में मानो दग्ध हो जाता है।

[नेपथ्य में]

अरुन्धती के साथ वसिष्ठ, वाल्मीकि, दशरथ की महारानियाँ और जनक लव और चन्द्रकेतु का युद्ध सुन कर, भययुक्त हुए-हुए उद्विग्न मन से, आश्रम के दूर होने के कारण थके हुए, अपने जराग्रस्त अंगों के साथ धीरे-धीरे चले आ रहे हैं।

राम : भगवती अरुन्धती, भगवान् वसिष्ठ, माताएँ और महाराज जनक यहाँ कैसे पहुँच गए? मैं इन लोगों का कैसे दर्शन करूँ? *(करुणापूर्वक देख कर)* यह जान कर कि पिता जनक जी भी यहीं आ गए हैं, मैं मन्दभाग्य वाला वज्र से ताड़ित हुआ अनुभव कर रहा हूँ।

वर्षों पूर्व मेरे पिता और जनक जी का हमारे विवाह के समय सुमधुर परस्पर मिलन हुआ था। वसिष्ठ जी तथा अन्य सब बड़े लोग सन्तान के इस शुभ विवाह पर अत्यन्त प्रसन्न थे। उस समय को स्मरण करके और आज घोर हिंसा हो जाने के बाद अपने पूज्य पिता के सुहृद् जनक जी को इस अवस्था में देख कर के मेरा हृदय हज़ार टुकड़े क्यों नहीं हो जाता। अथवा राम के लिए क्या दुष्कर है?

[नेपथ्य में]

ओह! कष्ट है!

प्रभावमात्र से शोभा सम्पन्न रामचन्द्र जी को अतर्कित भाव से देख कर कौसल्या आदि माताएँ, जनक जी से होश में लाई हुई, पुनः मूर्च्छित हो जाती हैं।

राम : जनकवंश तथा रघुवंश के लिए जो सम्पूर्ण गोत्र-मंगल के समान थी, उस सीता पर भी निर्दयता का आचरण करने वाले मुझ नृशंस पर, आप लोगों की यह दया व्यर्थ है। अच्छा तो जा कर इनका अभिवादन करता हूँ। *(ऐसा कह कर उठता है।)*

कुश-लव : पिता जी, इधर आवें, इधर।

[करुणा के साथ घूम कर सब चले जाते हैं।]

[षष्ठ अंक समाप्त]

सप्तम अंक

[लक्ष्मण प्रवेश करता है।]

लक्ष्मण : अरे भगवान! वाल्मीकि ने हम लोगों के साथ और ब्राह्मण, क्षत्रिय, नागरिक तथा ग्रामवासी जनों के साथ प्रजाओं को बुला कर, सम्पूर्ण देवता, दैत्य और नाग आदि के साथ स्थावर-जंगम समस्त प्राणिसमूह को अपने प्रभाव से किस तरह इकट्ठा कर लिया है? आर्य रामचन्द्र ने मुझे आज्ञा दी है कि "वत्स लक्ष्मण! भगवान् वाल्मीकि ने अप्सराओं से अभिनय की जाने वाली अपनी रचना (नाटक) को देखने के लिए हम लोगों को निमन्त्रित किया है। तुम गंगा-तीर पर जा कर सामाजिकों के लिए उपयुक्त संगीत-नाट्यशाला का प्रबन्ध कर दो।" तो मैंने मनुष्य एवं देवताओं—सब के लिए उचित आयोजन कर दिया है। यह देखो श्रीराम राज्य-सिंहासन पर आसीन हो कर भी कठोर मुनिव्रत को धारण किए हुए वाल्मीकि मुनि के गौरव से इधर चले आ रहे हैं।

[श्रीराम प्रवेश करते हैं।]

राम : वत्स लक्ष्मण! नाट्यशाला में क्या सामाजिक लोग उपस्थित हो गए हैं?

लक्ष्मण : जी हाँ।

राम : इन दोनों कुमारों को चन्द्रकेतु के समान स्थान दे कर सम्मानित करना।

लक्ष्मण : महाराज के स्नेह को जान कर, पहले ही ऐसा कर दिया है। यह सिंहासन आपके लिए बिछा है। आप इस पर बैठिए।

राम : *(बैठ कर)* नाटक आरम्भ करो।

[सूत्रधार प्रवेश करता है।]

सत्यवादी भगवान् वाल्मीकि, चराचर जगत् को यह आज्ञा देते हैं--"हमने अलौकिक दृष्टि से देख कर यह जो पावन, करुण एवं अद्भुत रस वाला अमृत वाणी से सना हुआ नाटक लिखा है, उसके अभिनय को आप लोग काव्य-गौरव से सावधान हो कर देखें।"

राम : यह ठीक कहा है। महर्षि लोग धर्म का साक्षात्कार करने वाले होते हैं। उनकी प्रज्ञा ऋतम्भरा होती है। रजोगुण से परवर्ती उनका ज्ञान कभी व्याहत नहीं होता। इस कारण उनके वचन पर कभी शंका नहीं की जा सकती।

[नेपथ्य में]

हा आर्यपुत्र! हा कुमार लक्ष्मण! तुम मुझे अकेली इस अशरण में छोड़ कर कहाँ चले गए हो! मेरी प्रसव-वेदनाएँ उपस्थित होने वाली हैं। इस घोर जंगल में मुझ अबला को ये व्याघ्र आदि हिंस्त्र जन्तु खाने की इच्छा कर रहे हैं। हाय! इस समय मैं मन्द भाग्य वाली क्या करूँ? अच्छा, अपने शरीर को भागीरथी माता की गोद में फेंकती हूँ।

लक्ष्मण : कष्ट है। यह तो कुछ और ही शुरू हो गया।

सूत्रधार : यह देखो, पृथ्वी की पुत्री महारानी सीता महाराज राम से वन में परित्यक्त की हुई, प्रसव-वेदना के उपस्थित होने पर—अपने शरीर को गंगा के प्रवाह में डाल रही है।

[ऐसा कह कर चला जाता है।]

[प्रस्तावना]

राम : *(भय के साथ)* देवि! देवि! लक्ष्मण को देखो।

लक्ष्मण : आर्य! यह नाटक है।

राम : हा देवि! दण्डकारण्य-निवास की प्रियसखि! राम से तुम्हारा यह परिणाम हुआ!

लक्ष्मण : आर्य! आश्वस्त हो कर देखिए? यह ऋषि की रचना है।

राम : यह मैं वज्र हृदय तैयार हूँ।

[एक-एक बालक को गोद में ले कर पृथ्वी और गंगा के द्वारा आश्रय दी हुई मूर्च्छित सीता प्रवेश करती है।]

राम : वत्स, मैं किसी अज्ञात घोर-अन्धकार में प्रवेश-सा कर रहा हूँ। मुझे सहारा दो।

दोनों देवियाँ : हे कल्याणि सीते! तुम समाश्वस्त होओ। भाग्य से बढ़ रही हो। तुमने जल के भीतर रघुवंश को धारण करने वाले दो कुमारों को जन्म दिया है।

लक्ष्मण : *(राम के पैरों में गिर कर)* आर्य, भाग्य से हम लोग बढ़ रहे हैं। रघुवंश शुभ अंकुर वाला हुआ है। *(देख कर)* हाय, यह आर्य राम तो अश्रुधारा बहाते हुए, मूर्च्छित हो गए हैं। *(हवा करता है।)*

दोनों देवियाँ : वत्से, समाश्वस्त हो।

सीता : *(समाश्वस्त हो कर)* भगवती! आप लोग कौन हैं? मुझे छोड़िए।

पृथिवी : ये तुम्हारे श्वशुर-कुल की देवता गंगा जी हैं।

सीता : हे भगवती! आपको नमस्कार है।

भागीरथी : चरित्र के योग्य कल्याण-सम्पत्ति को प्राप्त करो।

लक्ष्मण : हम लोग अनुग्रहीत हो गए।

भागीरथी : यह तुम्हारी माता पृथिवी है।

सीता : हा माता! आपने मुझे ऐसी अवस्था में देखा।

पृथिवी : पुत्रि वत्से सीते! आओ।

[दोनों आलिंगन कर मूर्च्छित हो जाती हैं।]

लक्ष्मण : *(हर्ष के साथ)* किस तरह आर्या को गंगा और पृथिवी ने अनुगृहीत किया।

राम : भाग्य से यह बात हुई। यह करुणाजनक दृश्य भी तो देखो।

भागीरथी : जो संसार को धारण करने वाली माता पृथिवी भी इस तरह दुःखित हो रही है, इसमें सन्तान-प्रेम की विजय दृष्टि-गोचर होती है। यह सन्तान-स्नेह सब में समान रूप से रहने वाला है। यह मन का मोह-बन्धन है, प्राणियों की आभ्यन्तरिक चंचलता है। यह सन्तान-मोह संसार का तन्तुस्वरूप है। सखि विश्वम्भरे, भूतधात्रि! पृथिवी! वत्से वैदेही! अश्वस्त होओ।

पृथिवी : *(आश्वस्त हो कर)* सीता का प्रसव करके मैं कैसे आश्वस्त होऊँ? इसका बहुत काल तक राक्षसों के बीच में रहना मैंने सहन किया। पति से किया गया, यह दूसरा त्याग तो अब मेरे लिए अतिशय दुःसह हो रहा है..

गंगा : कौन प्राणी फल देने के लिए तत्पर भाग्य के द्वारों को बन्द करने के लिए समर्थ हो सकता है?

पृथिवी : भगवती भागीरथी! क्या यह सब करना आपके रामभद्र को उचित था?

न उसने बाल्यावस्था में सीता के साथ पाणि-ग्रहण की अपेक्षा की, न मेरी, न जनक की, न अग्नि की, न सीता के पातिव्रत्य की और न ही सन्तान की अपेक्षा की।

सीता : हा आर्यपुत्र, क्या मुझे स्मरण करते हो?

पृथिवी : ओह! आर्यपुत्र तुम्हारा अब कौन है?

सीता : *(लज्जा के साथ आँसू बहा कर)* जैसा भी कहती है।

राम : माँ पृथिवि! मैं ऐसा ही हूँ।

गंगा : भगवति पृथिवि! आप संसार की शरीर-रूप हो। इसलिए क्यों अनजान की तरह बन कर जामाता पर कुपित होती हैं? लोक में भयंकर अकीर्ति फैल गई थी। लंकाद्वीप में सीता की जो कठिन परीक्षा हुई, उसका

यहाँ के लोग कैसे विश्वास करें। इक्ष्वाकु-कुल के राजाओं का यह वंशक्रमागत धर्म है कि सम्पूर्ण प्रजाओं की आराधना की जाए। इस कारण इस धर्मसंकट में वत्स रामभद्र और क्या कर सकता था?

लक्ष्मण : देवता सब प्राणियों की मनोवृत्ति को जानते हैं। उनका ज्ञान अव्याहत एवं प्रतिबन्ध रहित होता है। माता पृथिवी से तुम्हारी निर्दोषता छिपी नहीं।

गंगा : मेरी यह आपको नमस्कार की अंजलि है।

राम : मात :! आपने भगीरथ-वंश पर अनुग्रह किया, आज मेरे वंश पर कर रही हो।

पृथिवी : मैं आपसे सर्वथा सहमत हूँ। परन्तु सन्तति-स्नेह हृदय को विवश बना देता हैं सीता पर रामचन्द्र का अगाध प्रेम है--ऐसा मैं अच्छी तरह जानती हूँ। मैं जानती हूँ सीता का त्याग करके उनका हृदय अति संतप्त है। वे अपने लोकोत्तर धैर्य से तथा प्रजा के पुण्यों से ही अब तक जीवित हैं।

राम : पूज्य जन, अपत्य-रूप हम लोगों पर सदा दयालु रहते हैं।

सीता : *(रोती हुई, हाथ जोड़ कर)* माता जी! मुझे अपने अंगों में विलीन कर लीजिए।

गंगा : क्या कहती हो वत्से, हजार वर्षों तक जीती रहो।

पृथिवी : तुम्हें तो दोनों पुत्रों की देख-रेख करनी है।

सीता : ये अनाथ पुत्र कैसे जीवित हो सकेंगे।

राम : हृदय, तुम वज्रनिर्मित हो।

गंगा : ये पुत्र सर्वथा सनाथ हैं। इन्हें अनाथ कैसे कहती हो?

सीता : मुझ भाग्यहीना की सनाथता कैसी?

दोनों देवियाँ : हे सीते! तुम जगत्-कल्याणस्वरूप अपना इस तरह तिरस्कार क्यों करती हो? तुम्हारे सम्पर्क से तो हम दोनों की पवित्रता उत्कर्ष को प्राप्त होती है।

लक्ष्मण : आर्य! सुनिए।

राम : लोक सुनें।

[नेपथ्य में कोलाहल होता है।]

राम : अतिशय आश्चर्यकारक कुछ है।

सीता : किसलिए आकाश कोलाहल युक्त हो कर चमक रहा है?

दोनों देवियाँ : जान लिया।

कृशाश्व, विश्वामित्र और राम—ऐसा जिन शस्त्रों का गुरुक्रम है, वे ही शस्त्र जृम्भक शस्त्रों के साथ प्रकट हो रहे हैं।

[नेपथ्य में]

हे देवी! सीते! आपको नमस्कार है। हम आपके दोनों पुत्रों की खोज में हैं आपके चित्र-दर्शन के साथ ही हमें रामचन्द्र जी ने आपके पुत्रों को सौंप दिया था।

सीता : सौभाग्य है मेरा। आप अस्त्र-देवता हैं—मेरे पुत्रों में प्रवेश करना चाहते हैं। आर्यपुत्र, अभी तक आपके अनुग्रह प्रकाशित हो रहे हैं।

लक्ष्मण : स्मरण है, आर्य ने सीता को एक दिन कहा था—"ये जृम्भकास्त्र तुम्हारी प्रसूत सन्तति को प्राप्त होंगे।"

दोनों देवियाँ : हे श्रेष्ठ अस्त्रो! आप लोगों को नमस्कार है। आप लोगों के स्वीकार से हम लोग धन्य हो गए हैं। युद्ध आदि के अवसर पर ध्यान किए जाने पर आप लोगों को हमारे दोनों वत्सों (कुश और लव) के पास उपस्थित होना चाहिए। आप लोगों का कल्याण हो।

राम : विस्मय तथा आनन्द के संयोग से विशीर्ण हुई-हुई करुणा की उर्मियाँ इस समय मेरे हृदय में अनिर्वचनीय अवस्था को उत्पन्न कर रही हैं।

दोनों देवियाँ : प्रसन्न हो जाओ, वत्से! प्रसन्न हो जाओ। तुम्हारे दोनों पुत्र इस समय रामभद्र के तुल्य हो गए हैं।

सीता : भगवती! कौन इनके क्षत्रियोचित संस्कार कराएगा।

राम : कष्ट है! यह वसिष्ठ के शिष्य रघुवंशी राजाओं की आनन्द-हेतु सीता आज अपने पुत्रों के संस्कार कराने वाले आचार्य को भी नहीं पा रही।

गंगा : कल्याणि! तुम्हें इस चिन्ता से क्या प्रयोजन? दूध छोड़ने के बाद इन दोनों वत्सों को मैं भगवान् वाल्मीकि को अर्पण कर दूँगी।
इस समय वसिष्ठ ऋषि ही रघुवंश के आचार्य हैं। वे ही इन दोनों का ब्राह्मणोचित तथा क्षत्रियोचित संस्कार करेंगे। रघु और जनक, इन दोनों वंशों में जिस तरह वसिष्ठ और शतानन्द गुरु हैं, उसी तरह वाल्मीकि ऋषि भी गुरु हैं।

राम : भगवती गंगा ने अच्छा विचार किया।

लक्ष्मण : मैं सत्य निवेदन करता हूँ। बहुत कारणों से ये वत्स कुश और लव ही वे सीता के पुत्र हैं—मैं ऐसी सम्भावना करता हूँ। क्योंकि ये दोनों वीर हैं, इनको जृम्भकास्त्र जन्मसिद्ध हैं। दोनों ने महर्षि वाल्मीकि से संस्कार-लाभ किया है, ये दोनों आपके सदृश आकार वाले हैं और दोनों ही वय से बारह वर्ष के हैं।

राम : वस्तुतः ऐसा ही है। मैं इन दोनों वत्सों को अपने पुत्र समझ कर ही चंचल और अतिशय मोहयुक्त हो रहा हूँ।

पृथिवी : आओ बेटी! पाताल को पवित्र कर लो।

राम : प्रिये! क्या तुम दूसरे लोक की चली गई हो।

सीता : माता जी! आप मुझे अपने अंगों में विलीन कर लो। मैं मनुष्य-लोक के ऐसे तिरस्कार को सहन नहीं कर सकती हूँ।

लक्ष्मण : क्या उत्तर होगा?

पृथिवी : मेरी आज्ञा से दूध छोड़ने के समय तक पुत्रों की देख-रेख करो। इसके अनन्तर जैसी रुचि होगी वैसा करूँगी।

गंगा : ऐसा ही करना चाहिए।

[दोनों देवियाँ और सीता जी चली जाती हैं।]

राम : किस तरह सीता ने स्वीकार ही कर लिया? हा चरित्र-देवते! दूसरे लोक में विश्राम को चली गई हो?

[ऐसा कह कर मूर्च्छित हो जाता है।]

लक्ष्मण : भगवन् वाल्मीकि! रक्षा कीजिए, रक्षा कीजिए! आपके काव्य का क्या यही प्रयोजन था?

[नेपथ्य में]

वाद्य-वादन बन्द कर दो। हे स्थावर और जंगम प्राणिवर्ग! देवता और मनुष्यसमुदाय! इस समय आप लोग वाल्मीकि ऋषि से आदिष्ट पवित्र आश्चर्य को देखें।

लक्ष्मण : *(देख कर)* यह क्या? गंगा जी जैसे मन्थन से क्षुब्ध हो रही हैं। आकाश देवता और ऋषियों से व्याप्त है। देखिए, कितना आश्चर्य है कि आर्या सीता गंगा और पृथिवी के साथ जल में से निकल कर ऊपर उठ रही हैं।

[नेपथ्य में]

हे जगद्-वन्द्य अरुन्धति! हम दोनों गंगा और पृथिवी पर अनुग्रह कीजिए। हम पवित्र व्रत वाली इस वधू सीता को आपको सौंपती हैं।

लक्ष्मण : अहो! आश्चर्य है, आश्चर्य है! आर्ये अरुन्धति! इन्हें देखिए। हाय, आर्य तो अभी तक होश में नहीं आए।

[अरुन्धती और सीता प्रवेश करती हैं।]

अरुन्धती : बेटी सीते! जल्दी करो। लज्जाशीलता को छोड़ो। आओ, कोमल स्पर्श वाले अपने हाथों से मेरे वत्स रामभद्र को पुनरुज्जीवित कर दो।

सीता : *(जल्दी से स्पर्श करती है।)* आश्वस्त हों, आर्यपुत्र आश्वस्त हों।

राम : *(होश में आ कर आनन्द के साथ)* अरे! यह क्या है? *(देख कर हर्ष और आश्चर्य के साथ)* क्या देवी सीता आ गई है? *(लज्जा के साथ)* अरे! अरे क्या माता अरुन्धती और सम्पूर्ण ऋष्यशृंग आदि हमारे पूज्य जन भी यहीं उपस्थित हैं?

अरुन्धती : वत्स! यह भागीरथी से लाई गई, हमारे रघुकुल की देवता, माता गंगा हम पर प्रसन्न हुई हैं।

[नेपथ्य में]

जगत्पति रामभद्र! चित्र-दर्शन के अवसर पर मुझे जो कहा था, उसका स्मरण करो—"हे माता! गंगा! तुम पुत्रवधू सीता में अरुन्धती की तरह कल्याण-चिन्तन करने वाली बनो।" वैसा ही करके अब मैं ऋणमुक्त हुई हूँ।

अरुन्धती : यह तुम्हारी सास भगवती पृथिवी है।

[नेपथ्य में]

चिरंजीव ने सीता के परित्याग के अवसर पर मुझे कहा था—"भगवती पृथिवि! पुण्यशीला पुत्री सीता की देख-रेख करना।" मैंने अब तक तुम्हारे वचन का पालन किया है।

राम : भगवति! राम ने घोर अपराध किया है। फिर भी आप उस पर अनुकम्पा कीजिए। मैं हाथ जोड़ता हूँ।

अरुन्धती : हे नगर तथा ग्रामवासी प्रजाजनो! इस समय पृथिवी तथा गंगा से इस प्रकार प्रशंसा की गई, पहले भी जिसके पवित्र चरित्र का भगवान् अग्निदेव ने निर्णय किया था, जिसके पावन यश का गान ब्रह्मा आदि देवों ने स्वयं किया है—उस सूर्यवंश की वधू, यज्ञसम्भवा सीता को मैं आपको समर्पित करती हूँ; आप इसे स्वीकार करो। अथवा आपकी इस विषय में क्या सम्मति है?

लक्ष्मण : आर्य! इस तरह अरुन्धती से उलाहना दिए हुए प्रजाजन तथा सम्पूर्ण प्राणिसमुदाय आर्या को नमस्कार कर रहे हैं। लोकपाल और सप्तर्षिगण भी पुष्पवृष्टि से आर्या की पूजा कर रहे हैं।

अरुन्धती : जगत्पति रामभद्र! इस अपनी प्रिया पत्नी सीता को तुम ग्रहण करो, जो तुम्हारी सहधर्मचारिणी है। सुवर्णमयी प्रतिमा को हटा कर, अब तुम इस प्रकृति-रूप सीता को यज्ञ-धर्म सम्पन्न करने के लिए अपने साथ नियुक्त करो।

सीता : *(अपने दिल में)* आर्यपुत्र सीता के दुःख का निवारण करना भी जानते हैं।

राम : भगवती जैसी आज्ञा करती हैं।

लक्ष्मण : मैं कृतकृत्य हो गया हूँ।

सीता : मैंने पुनर्जीवन को प्राप्त कर लिया है।

लक्ष्मण : आर्ये! यह लक्ष्मण प्रणाम करता है।

सीता : वत्स तुम ऐसे ही हो कर चिरकाल तक जीते रहो।

अरुन्धती : भगवन् वाल्मीके! इस समय, सीता के गर्भ से उत्पन्न कुश और लव को रामभद्र के समीप ले आइए। *(ऐसा कह कर चली जाती है।)*

राम और लक्ष्मण : भाग्य से यह बात वैसी ही हुई।

सीता : मेरे दोनों पुत्र कहाँ हैं?

[तब वाल्मीकि, कुश और लव प्रवेश करते हैं।]

वाल्मीकि : बच्चो! ये रामचन्द्र जी तुम्हारे पिता हैं। ये लक्ष्मण जी छोटे चाचा हैं। ये सीता जी माता हैं और ये राजर्षि जनक तुम्हारे मातामह (नाना) हैं।

सीता : *(हर्ष, शोक और आश्चर्य के साथ देख कर)* कैसे पिता जी यहाँ उपस्थित हो गए हैं? ये दोनों पुत्र भी आ गए हैं?

दोनों बालक : हा पिता जी! हा माता जी! हा मातामह (नानाजी)?

राम और लक्ष्मण : *(हर्ष के साथ आलिंगन करके)* पुत्रो! चिरकाल के बाद प्राप्त हुए हो।

सीता : पुत्र कुश! आओ, पुत्र लव! आओ। दूसरे लोक से आई हुई मुझ माता को देर तक आलिंगन करो।

कुश और लव : *(वैसा करके)* हम दोनों धन्य हैं।

सीता : भगवन्! यह मैं प्रणाम करती हूँ।

वाल्मीकि : बेटी! बहुत काल तक ऐसी–पति एवं पुत्रों से अवियुक्त हो कर ही रहो।

[नेपथ्य में]

लवणासुर को मार कर मधुरा के अधीश्वर–शत्रुघ्न जी पहुँचे हैं।

लक्ष्मण : कल्याण के अनन्तर कल्याण-परम्परा का आरम्भ होता है।

राम : इन सब विषयों का साक्षात्कार करता हुआ भी, मैं विश्वास नहीं कर रहा कि क्या यह सत्य है अथवा कल्याणों का यह स्वभाव ही है?

वाल्मीकि : रामभद्र! कहो, मैं और क्या तुम्हारे अभीष्ट का सम्पादन करूँ?

राम : इससे भी अधिक क्या अभीष्ट हो सकता है! फिर भी यह भरत वाक्य सम्पन्न हो–

पापों से करती विमुक्त, करती संवृद्धि कल्याण की,
है रामायण की कथा, यह मनोहारी जगत्पावनी।
शब्दब्रह्म विवेक-विज्ञ कवि ने नाय्यात्मिका है किया,
मेधावी, इस नाटकीय कृति को देखें विचारें सदा।

[सब लोग चले जाते हैं।]

[समाप्त]

❑❑❑